AF667664

GRöLS Verlage

„Bücher sind wie Fallschirme. Sie nützen uns nichts, wenn wir sie nicht öffnen."

Gröls Verlag

Redaktionelle Hinweise und Impressum

Das vorliegende Werk wurde zugunsten der Authentizität sehr zurückhaltend bearbeitet. So wurden etwa ursprüngliche Rechtschreibfehler regelmäßig *nicht* behoben, denn kleine Unvollkommenheiten machen das Buch – wie im Übrigen den Menschen – erst authentisch. Mitunter wurden jedoch zum Beispiel Absätze behutsam neu getrennt, um den Lesefluss zu erleichtern.

Um die Texte zu rekonstruieren, werden antiquarische Bücher von Lesegeräten gescannt und dann durch eine Software lesbar gemacht. Der so entstandene Text wird von Menschen gegengelesen und korrigiert – hierbei treten auch Fehler auf. Wenn Sie ebenfalls antiquarische Texte einreichen möchten, finden Sie weitere Informationen auf www.groels.de

Viel Freude bei der Lektüre wünscht Ihnen das Team des Gröls-Verlags.

Adressen

Verleger: Hermann-Josef Gröls,

Im Borngrund 26, 61440 Oberursel

Externer Dienstleister für Distribution & Herstellung:

BoD, In de Tarpen 42, 22848 Norderstedt

Unsere „Edition | Werke der Weltliteratur“ hat den Anspruch, eine der größten und vollständigsten Sammlungen klassischer Literatur in deutscher Sprache zu werden. Nach und nach versammeln wir hier nicht nur die „üblichen Verdächtigen“ von Goethe bis Schiller, sondern auch Kleinode der vergangenen Jahrhunderte, die – zu Unrecht – drohen, in Vergessenheit zu geraten. Wir kultivieren und kuratieren damit einen der wertvollsten Bereiche der abendländischen Kultur. Kleine Auswahl:

Francis Bacon • Neues Organon • **Balzac** • Glanz und Elend der Kurtisanen • **Joachim H. Campe** • Robinson der Jüngere • **Dante Alighieri** • Die Göttliche Komödie • **Daniel Defoe** • Robinson Crusoe • **Charles Dickens** • Oliver Twist • **Denis Diderot** • Jacques der Fatalist • **Fjodor Dostojewski** • Schuld und Sühne • **Arthur Conan Doyle** • Der Hund von Baskerville • **Marie von Ebner-Eschenbach** • Das Gemeindekind • **Elisabeth von Österreich** • Das Poetische Tagebuch • **Friedrich Engels** • Die Lage der arbeitenden Klasse • **Ludwig Feuerbach** • Das Wesen des Christentums • **Johann G. Fichte** • Reden an die deutsche Nation • **Fitzgerald** • Zärtlich ist die Nacht • **Flaubert** • Madame Bovary • **Gorch Fock** • Seefahrt ist not! • **Theodor Fontane** • Effi Briest • **Robert Musil** • Über die Dummheit • **Edgar Wallace** • Der Frosch mit der Maske • **Jakob Wassermann** • Der Fall Maurizius • **Oscar Wilde** • Das Bildnis des Dorian Grey • **Émile Zola** • Germinal • **Stefan Zweig** • Schachnovelle • **Hugo von Hofmannsthal** • Der Tor und der Tod • **Anton Tschechow** • Ein Heiratsantrag • **Arthur Schnitzler** • Reigen • **Friedrich Schiller** • Kabale und Liebe • **Nicolo Machiavelli** • Der Fürst • **Gotthold E. Lessing** • Nathan der Weise • **Augustinus** • Die Bekenntnisse des heiligen Augustinus • **Marcus Aurelius** • Selbstbetrachtungen • **Charles Baudelaire** • Die Blumen des Bösen • **Harriett Stowe** • Onkel Toms Hütte • **Walter Benjamin** • Deutsche Menschen • **Hugo Bettauer** • Die Stadt ohne Juden • **Lewis Caroll** • *und viele mehr….*

Das Gedicht vom Haschisch

Für J. G. F. (Widmung)

Liebe Freundin, der gemeine Verstand sagt uns, dass die Dinge der Erde nur wenig Dasein haben, und dass es Wirklichkeit nur in den Träumen gibt. Um sowohl das natürliche Glück als das künstliche verdauen zu können, muss man zunächst den Mut haben, es zu verschlucken; und die vielleicht dieses Glück verdienen, denen ist die Glückseligkeit, wie sie die Menschen verstehen, immer als Brechmittel erschienen.

Törichten Köpfen wird es merkwürdig und sogar frech erscheinen, dass das Gemälde einer künstlerischen Wollust einer Frau gewidmet wird, die die üblichste Quelle der natürlichsten Wollust ist. Immerhin ist es klar, dass, wie die natürliche Welt in die geistige eindringt, ihr als Weideplatz dient, und so hilft, diese unbeschreibliche Mischung zu gestalten, die wir unsere Individualität nennen, die Frau das Wesen ist, das in unsere Träume den grössten Schatten oder das grösste Licht wirft. Die Frau ist von einer gefährlichen Suggestivität; sie lebt ein anderes Leben als ihr eigenes; sie lebt geistig in den Erfindungen, die sie schafft und befruchtet.

Im übrigen ist es überflüssig, dass der Grund dieser Widmung verstanden werde. Ist es denn für die Zufriedenheit des Verfassers überhaupt nötig, dass irgendeins seiner Bücher von einem anderen verstanden werde als von dem oder der, für die es verfasst wurde. Ist es schliesslich unbedingt nötig, dass er überhaupt für jemanden geschrieben hat? Ich selbst habe so wenig Freude an der lebendigen Welt, dass ich gleich diesen sensiblen und müssigen Frauen, die, wie man sagt, Briefe voller Geständnisse erdachten Freundinnen schicken, gern nur für die Toten schriebe.

Aber nicht einer Toten widme ich dieses Buch; ich widme es einer, die, wenn schon krank, immer in mir tätig und lebendig ist, und die jetzt all ihre Blicke dem Himmel zuwendet, diesem Ort aller Transfiguration. Denn das menschliche Wesen geniesst das Privileg, ebenso wie aus einer gefährlichen Droge, sogar aus dem Schmerz der Katastrophe und dem Unglück neue und subtile Freuden ziehen zu können.

In diesem Gemälde wirst Du einen finsteren und einsamen Wanderer sehen, untergetaucht in der bewegten Flut der Vielheiten, der sein Herz und seine Gedanken einer fernen Elektra sendet, die unlängst ihre schweissgebadete Stirn abtrocknete und ihre vom Fieber trockenen Lippen erfrischte; und Du wirst die Dankbarkeit eines anderen Orestes erraten, dessen Alpdrücken Du oft belauschtest und den Du mit leichter und mütterlicher Hand vom furchtbaren Schlaf erlöstest.

C. B.

I

Die Lust an der Unendlichkeit

Die, die sich selbst zu beobachten verstehen und Gedächtnis für ihre Eindrücke haben, die es vermochten, wie Hoffmann ihr geistiges Barometer zu erbauen, konnten mitunter im Observatorium ihrer Gedanken schöne Jahreszeiten, glückliche Tage und köstliche Minuten verzeichnen. Es gibt Tage, an denen der Mensch sich jung und kräftig im Geist erhebt. Kaum haben seine Wimpern den Schlaf abgeschüttelt, der sie verschloss, so zeigt sich ihm die Welt in mächtigem Relief, in reinen Konturen und in einem Reichtum herrlicher Farben. Die moralische Welt öffnet ihre weiten Perspektiven voll neuer Klarheiten. Der Mensch, dem dieses seltene und flüchtige Glück geschenkt wird, fühlt sich zugleich künstlerischer, gerechter, adeliger, um alles in einem Wort zu nennen. Aber das merkwürdigste bei diesem aussergewöhnlichen Zustand des Geistes und der Sinne, den man ohne Übertreibung paradiesisch nennen kann, ist, wenn ich ihn mit den schweren Nebeln der gemeinen und täglichen Existenz vergleiche, dass er aus keinem sehr sichtbaren und leicht erratbaren Grunde entspringt. Ist er das Ergebnis einer guten Hygiene und weiser Enthaltsamkeit? Das wäre die erste Erklärung, die uns einfällt; aber wir müssen erkennen, dass dieses Wunder häufig entsteht, als wäre es die Wirkung einer höheren und unsichtbaren, ausserhalh des Menschen befindlichen Macht nach einer Periode, in der dieser seine physischen Kräfte missbraucht hat. Werden wir sie die Belohnung für fleissiges Gebet und geistige Glut nennen? Es liegt auf der Hand, dass eine ständige Erhebung des Wunsches, eine Anspannung der geistigen Kräfte himmelan die beste Art wäre, diese moralisch so strahlende und so ruhmvolle Gesundheit zu schaffen. Aber nach welchem sinnlosen Gesetz manifestiert sie sich mitunter; nach strafbaren Orgien der Phantasie, nach einem sophistischen Missbrauch der Vernunft, die bei mässigem und vernünftigem Gebrauch das bedeutet, was die Freiübungen in der gesunden Gymnastik sind. Darum ziehe ich es vor, diesen ungewöhnlichen

Geisteszustand als wirkliche Gnade zu empfinden, als magischen Spiegel, in dem der Mensch in Schönheit, das heisst, so wie er sein könnte und müsste, sich zu betrachten eingeladen ist; als eine Art englischer Erregung, einen Ordnungsruf in schmackhafter Form. Ebenso wie eine gewisse spiritistische Schule, die in England und Amerika ihre Hauptvertreter hat, die übernatürlichen Phänomene wie Geistererscheinungen, Materialisationen usw. als Manifestation des göttlichen Willens auffasst, die im Geist des Menschen die Erinnerung an die unsichtbaren Tatsachen erwecken will.

Dieser reizvolle und merkwürdige Zustand, bei dem alle Kräfte sich im Gleichgewicht halten, in dem die zwar sonderlich mächtige Phantasie nicht das moralische Gewissen in gefährliche Abenteuer lockt, in dem eine köstliche Empfindsamkeit nicht mehr von kranken Nerven, diesen üblichen Ratgebern des Verbrechens oder der Verzweiflung, gequält wird; dieser merkwürdige Zustand, sage ich, hat übrigens keine vorangehenden Symptome, er ist ebenso unvorhergesehen wie das Phantom. Es ist eine Art Besessenheit, aber zeitweiliger Besessenheit nur, aus der wir, wären wir weise, die Zuversicht auf ein besseres Dasein und die Hoffnung, solches durch tägliche Übung unseres Willens zu erkämpfen, ziehen sollten. Diese Schärfe des Verstandes, diese Begeisterung der Sinne und des

Geistes müssten zu allen Zeiten den Menschen als der Güter höchstes erscheinen. Weshalb er auch die Blicke nur auf die Lust des Augenblicks richtete, und ohne Rücksicht auf die Gesetze seiner Gesundheit in der Physik, der Pharmazeutik, in den gewöhnlichen Branntweinen, in den zartesten Parfüms, unter allen Klimaten und in allen Zeiten die Mittel suchte, um, und wäre es für einige Stunden nur, seiner muffigen Wohnung zu entfliehen und, wie der Verfasser des Lazarus sagt: das Paradies mit einem Male zu gewinnen. Ach! die Sünden des Menschen, die der Grauen so voll sind wie man glaubt, beweisen (und wäre es nur durch ihre unendliche Verbreitung!) seine Lust an der Unendlichkeit; nur dass es eine Lust ist, die oft im Wege irrt. Man könnte das gewöhnliche Sprichwort: „Alle Wege führen nach Rom" in übertragenem Sinne gebrauchen und es auf die moralische Welt anwenden.

Alles führt zur Belohnung oder zur Strafe, zu den zwei Formen der Unendlichkeit! Der menschliche Geist birst von Leidenschaft; aber dieser unendliche Geist, dessen natürliche Verderbtheit ebenso gross ist wie seine plötzliche, fast paradoxe Bereitschaft zu Wohltaten und strengsten Tugenden, ist reich an Paradoxen, die es ihm erlauben, für das Böse das Zuviel dieser überfliessenden Leidenschaften zu verwenden. Niemals glaubt er, dass er sich mit

Haut und Haaren verkauft. Er vergisst in seiner törichten Voreingenommenheit, dass er sich einem Klügeren und Stärkeren verspielt, und dass der Geist des Bösen, selbst wenn man ihm nur ein Haar reicht, nicht zögert, den Kopf mitzunehmen. Dieser sichtbare Herr der sichtbaren Natur (ich spreche vom Menschen) wollte also das Paradies durch die Apotheke, durch gegorene Getränke sich verschaffen gleich einem Wahnsinnigen, der feste Möbel und wirkliche Gärten durch auf Leinewand gemalte und auf Latten genagelte Kulissen ersetzen möchte.

In dieser Verderbtheit der Lust an der Unendlichkeit liegt, wie ich glaube, der Grund zu allen schuldbeladenen Ausschweifungen, angefangen von der einsamen und konzentrierten Trunkenheit des Literaten, der im Opium Erleichterung für einen körperlichen Schmerz suchen musste, in ihm eine Quelle tödlicher Freuden entdeckte und aus ihm nach und nach sein einziges Heilmittel und gleichsam die Sonne seines geistigen Lebens schaffte, bis zur stumpfen Trunkenheit der Vorstädte, die, Flamme und Ruhm im Hirn, sich lächerlich im Schmutz der Gosse wälzt.

Unter den Drogen, die am geeignetsten erscheinen, das zu verschaffen, was ich das künstliche Ideal nenne, sind, lasse ich die

Liköre beiseite, die schnell berauschen und die geistige Kraft zerschlagen, und ferner die Parfüms, deren übertriebene Verwendung die körperlichen Kräfte in demselben Masse schwächen, in dem sie die Phantasie des Menschen verfeinern, Haschisch und Opium die beiden kräftigsten Substanzen, deren Gebrauch am bequemsten und übersichtlichsten ist. Die Analyse der geheimnisvollen Wirkungen und tödlichen Freuden, die diese Drogen hervorzaubern können, der unvermeidlichen Strafen, die aus ihrem langen Gebrauch erwachsen, und endlich die Unendlichkeit selbst, die in dieser Suche nach einem falschen Ideal liegt, werden den Inhalt dieser Studie bilden.

Die Arbeit über das Opium ist schon geschrieben worden, und zwar so hervorragend in zugleich medizinischem wie poetischem Sinne, dass ich nichts hinzuzufügen wage. Ich werde also nur vom Haschisch reden und werde es gemäss der vielen und ausführlichen Mitteilungen behandeln, die ich den Notizen und Berichten kluger Menschen entnahm, die sich seinem Genuss lange Zeit hindurch hingaben. Nur werde ich diese verschiedenartigen Dokumente in eine Art Monographie zusammenfassen, indem ich eine im übrigen leicht erklärbare und bestimmbare Seele genannter Art als für jene Erfahrungen geeigneten Typus erfinden werde.

II

Was ist der Haschisch?

Die Berichte Marco-Polos, die man, wie die einiger anderer alter Reisender, zu Unrecht verspottet hat, sind von den Gelehrten nachgeprüft und als glaubwürdig befunden worden. Ich werde ihm nicht nacherzählen, wie der Alte vom Berge in einem köstlichen Garten seine jüngsten Schüler einschloss, denen er, sozusagen als flüchtige Belohnung für einen passiven und unbedachten Gehorsam, einen Eindruck vom Paradiese verschaffen wollte, nachdem er sie mit Haschisch trunken gemacht hatte. (Von wo Haschischins oder Assassins kommen)

Der Leser kann bezüglich der geheimen Organisation der Haschischins das Werk Hammers und die Memoiren von Sylvestre de Sacy nachlesen, die im Band XVI des Mémoires de l'Académie des Inscriptions et Belles-Lettres enthalten sind, und bezüglich der Etymologie des Wortes „Assassins" dessen Brief an den Herausgeber des Moniteur in Nummer 359 des Jahrganges 1809. Herodot erzählt, dass die Skythen Hanfkörner sammelten, auf die sie heisse Steine warfen. Das bedeutete für sie gleichsam ein Bad, dessen Dampf wohlriechender war als der griechischer Badestuben, und ihnen ein so heftiges Vergnügen bereitete, dass sie Freudenschreie ausstiessen.

In der Tat kommt der Haschisch aus dem Orient. Die erregenden Eigenschaften des Hanfes waren im alten Ägypten wohlbekannt und sein Gebrauch ist unter verschiedenen Namen in Indien, Algerien und Arabien stark verbreitet, aber wir finden auch bei uns unter unseren Augen merkwürdige Beispiele durch pflanzliche Ausdünstung hervorgerufener Trunkenheit. Ohne von den Kindern reden zu wollen, die oft einen merkwürdigen Schwindel empfinden, wenn sie in frischgemähter Luzerne spielten und sich wälzten, weiss man, dass während der Hanfernte männliche und weibliche Arbeiter ähnliche Wirkungen verspüren; man möchte sagen, dass aus der Ernte ein Miasma aufsteigt, das hinterlistig ihr Gehirn verwirrt.

Der Kopf des Mähers ist wie durcheinandergewirbelt, oft von Träumen beladen. In gewissen Augenblicken werden die Glieder schwach und versagen den Dienst. Wir hörten oft von ziemlich häufigen mondsuchtsartigen Anfällen russischer Bauern, deren Ursache, wie man sagt, im Gebrauch des Hanföles bei der

Nahrungsbereitung liegen soll. Wer kennt nicht die Tollheit der Hühner, die Hanfkörner gefressen haben, und die feurige Begeisterung der Pferde, die die Bauern bei Hochzeiten und kirchlichen Festen zu einem Wettrennen vorbereiten, indem sie ihnen oft in Wein getauchten Hanf vorwerfen?

Indessen ist der französische Hanf zur Haschischbereitung oder nach vielfachen Erfahrungen wenigstens dazu ungeeignet, eine dem Haschisch an Kraft gleichwertige Droge zu ergeben. Der Haschisch oder indische Hanf, Cannabis indica, gehört zu der Familie der Urticeen und ist ganz ähnlich dem Hanf anderer Klimate, nur dass er nicht dieselbe Höhe erreicht. Er besitzt ausserordentlich berauschende Eigenschaften, die seit einigen Jahren in Frankreich die Aufmerksamkeit der Gelehrten und Weltleute auf sich gezogen haben. Er wird mehr oder weniger seiner Heimat nach geschätzt. Der bengalische ist der von Liebhabern bevorzugte; indessen haben der ägyptische, türkische, persische und algerische dieselben Eigenschaften, wenn auch in etwas geringerem Grade.

Der Haschisch (oder Gras, das heisst Gras an sich, als hätten die Araber mit dem einen Wort ›Gras‹ die Quelle aller geistigen Genüsse bezeichnen wollen) trägt nach seiner Zusammensetzung und

Zubereitungsart, die er im Lande seiner Ernte erfuhr, verschiedene Namen: in Indien: Bangi, in Afrika: Teriaki, in Algerien und Arabien: Madjoud usw. Es ist nicht gleichgültig, während welcher Jahreszeit man ihn pflückt; in seiner Blüteperiode ist er am kräftigsten. Die blühenden Spitzen sind infolgedessen die einzigsten Teile, die bei den verschiedenen Zubereitungen verwertet werden, über die wir einige Worte zu sagen haben.

Der Fettextrakt des Haschisch, wie ihn die Araber bereiten, entsteht, indem man die Spitzen der frischen Pflanzen in Butter mit ein wenig Wasser kochen lässt. Nach vollständiger Verdampfung aller Feuchtigkeit passiert man ihn und erhält so eine Masse, die wie eine gelbliche Pomade aussieht und einen unangenehmen Geruch von Haschisch und ranziger Butter behält. Man nimmt ihn in dieser Form in kleinen Kügelchen von zwei bis vier Gramm ein; aber wegen seines üblen Geruchs, der mit der Zeit zunimmt, verarbeiten die Araber den Fettextrakt in Konfitüren.

Die gebräuchlichste Art dieser Konfitüren, das Davamesk, ist eine Mischung aus Extrakt, Zucker und verschiedenen aromatischen Kräutern, wie Vanille, Zimt, Pistazie und Muskat. Mitunter setzt man selbst ein wenig Kanthariden zu einem Behufe zu, der nichts gemein mit den üblichen Wirkungen des Haschisch hat. In dieser neuen Form hat der Haschisch nichts Unangenehmes und man kann ihn in Dosen von 15, 20 und 30 Gramm, sei es in einer Oblate, sei es in einer Tasse Kaffee einnehmen. Die Versuche von Smith, Gastinel und Decourtive hatten den Zweck, das aktive Prinzip des Haschisch zu entdecken. Trotz ihrer Bemühungen blieb seine chemische Zusammensetzung doch ziemlich unbekannt. Für gewöhnlich schreibt man seine Eigenschaften einer harzigen Masse zu, die er ziemlich stark dosiert in einem Verhältnis von etwa zehn Prozent enthält. Um dieses Harz zu gewinnen, zerstampft man die getrocknete Pflanze in grobes Pulver und wäscht sie mehrmals mit Alkohol, den man nachher destilliert, um ihn teilweise herauszuziehen; man lässt das Ganze bis zur Extraktzähigkeit verdampfen. Diesen Extrakt behandelt man mit Wasser, das die klebrigen, fressenden Bestandteile auflöst, und so bleibt das reine Harz übrig.

Dieses Produkt ist weich, von dunkelgrüner Farbe und besitzt in hohem Masse den charakteristischen Haschischgeruch. Fünf, zehn und fünfzehn Zentigramm genügen, um erstaunliche Wirkungen hervorzurufen. Aber der Haschisch, den man in Form von Schokoladenplätzchen oder kleinen Ingwerpillen sich zuführen kann, zeitigt wie der Davamesk und der Extrakt mehr oder weniger heftige Wirkungen, die je nach dem Temperament der einzelnen Esser und ihrer nervösen Empfindlichkeit verschieden sind. Besser noch, die Wirkung wechselt bei der gleichen Person. Bald ist sie eine unmässige und unwiderstehliche Heiterkeit, bald ein Gefühl von Wohlbefinden und Lebenskraft, ein andermal ein traumdurchwobener Halbschlaf. Indessen gibt es Phänomene, die sich ziemlich regelmässig wiederholen, hauptsächlich bei Personen gleichen Temperaments und gleicher Erziehung; dies gibt der Verschiedenheit jene gewisse Gleichheit, die es ermöglicht, ohne allzu grosse Mühe die Monographie des Rausches, die ich vorhin erwähnte, zu verfassen.

In Konstantinopel, Algerien und selbst in Frankreich rauchen einige Personen mit Tabak vermischten Haschisch; aber in diesem Falle treten die fraglichen Phänomene nur in sehr gemilderter und sozusagen steifer Form auf. Ich habe gehört, dass man kürzlich auf dem Destillationswege aus dem Haschisch ein lösbares Öl gezogen hat, das viel stärkere Wirkungen hervorbringen soll als alle bisher bekannten Präparate; aber man hat es noch nicht genügend erprobt, als dass ich mit Gewissheit über seine endgültigen Wirkungen sprechen könnte. Es ist wohl übrig hinzuzufügen, dass Tee, Kaffee und Liköre mächtige Hilfsmittel sind, die mehr oder weniger das Erblühen dieses mystischen Rausches fördern.

III

Das seraphische Theater

Was empfindet man? Was sieht man? Wunderdinge? Ausserordentliche Schauspiele? Ist es herrlich? Ist es schrecklich? Ist es sehr gefährlich? Mit solchen Fragen treten gewöhnlich die Unwissenden an die Adepten heran.

Es ist oft wie kindliche Wissbegierde, gleich jener von Stubenhockern, die einem Menschen gegenübertreten, der aus fernen unbekannten Ländern zurückkehrt. In ihrer Vorstellung ist der Haschischrausch ein Wunderland, ein grosses Zauber- und Gaukeltheater, in dem alles geheimnisvoll und unvorhergesehen ist. Das ist ein Vorurteil, eine vollkommene Verkennung.

Und da für gewöhnlich die Leser und Frager mit dem Wort Haschisch die Gedanken einer seltsamen und auf den Kopf gestellten Welt verbinden, – wunderbare Träume erwarten, – oder besser: Halluzinationen (die im übrigen seltener sind als man glaubt), will ich von vornherein den wichtigen Unterschied festlegen, der die Wirkungen des Haschisch von den Erscheinungen des Schlafes trennt. Im Schlaf, dieser abenteuerlichen, allabendlichen Reise, liegt etwas entschieden Wunderbares; es ist ein Wunder, dessen ständige Wiederkehr das Geheimnisvolle abgestumpft hat. Es gibt zwei Arten menschlicher Träume: die einen enthalten sein gewöhnliches Leben, seine Gedanken, seine Wünsche, seine Laster, vereinigen auf mehr oder weniger bizarre Art die am Tage erblickten Gegenstände, die sich auf der grossen Leinewand seines Gedächtnisses aufdringlich fixierten, – so der natürliche Traum! Der sinnlose, unerwartete Traum, der keine Beziehungen noch Verbindung mit dem Charakter, dem Leben und den Leidenschaften des Schläfers hat,— jener Traum, den ich hieroglyphisch nennen möchte, weist ohne Zweifel auf die übernatürliche Seite des Lebens hin, und just, weil er sinnlos war, hielten ihn die Alten für göttlich. Da er auf natürliche Weise nicht erklärbar ist, haben sie seinen Ursprung ausserhalb des Menschen gesucht; und noch heute gibt es, ohne von den Traumdeutern sprechen zu wollen, eine philosophische Schule, die in solchen Träumen bald einen Vorwurf, bald einen Rat sieht, zusammenfassend: ein symbolisches und moralisches Gemälde, das im Geist des Schlafenden entstand. Es ist ein Wörterbuch, das man studieren muss, eine Sprache, zu der die Weisen den Schlüssel finden können.

Nichts dergleichen im Haschischrausch. Wir werden den natürlichen Traum nicht verlassen. Freilich wird der Rausch während seiner ganzen Dauer, dank der Intensität der Farbe und der Schnelligkeit der Konzeption, nur ein ungeheurer Traum sein; aber er wird immer die dem einzelnen eigentümliche Färbung behalten. Der Mensch wollte träumen, der Traum wird den Menschen regieren; aber dieser Traum wird durchaus der Sohn seines Vaters sein. Der Müssiggänger grübelte darüber nach, wie er künstlich das Übernatürliche in sein Leben und seinen Geist bringen könnte; aber er bleibt nach allem und trotz der zufälligen Energie seiner Empfindungen derselbe gesteigerte Mensch, dieselbe zu sehr hoher Potenz gehobene Zahl. Er ist bezwungen; aber zu seinem Unglück nur durch sich selbst, das heisst durch die in ihm bereits dominierende Eigenschaft: Er wollte zum Engel werden, er wurde ein Tier, das im Augenblick sehr mächtig ist. Wenn immer man eine ausserordentliche Empfindlichkeit, die abzustimmen und auszubeuten man nicht in der Lage ist, Macht nennen kann.

So sollen denn die Weltleute und die Toren, die begierig sind, ausserordentliche Freuden kennenzulernen, sich ganz klar darüber werden, dass sie im Haschisch keinerlei Wunder finden werden, sondern nichts als die gesteigerte Natur. Das Hirn und der Organismus werden auch unter Haschischwirkung nur ihre gewöhnlichen individuellen Phänomene aufweisen, freilich an Zahl und Energie in gesteigerter Form, aber immer doch ihrem Ursprung getreu. Der Mensch kann dem Schicksal seines physischen und moralischen Temperaments nicht entschlüpfen. Der Haschisch wird für die Eindrücke und die dem Menschen eigentümlichen Gedanken zum Vergrösserungsspiegel, aber zu einem Spiegel eben nur.

Hier seht ihr die Droge: Ein wenig grünes Konfekt in Grosse einer Nuss, merkwürdig riechend, so dass es einen gewissen Widerwillen und leichte Übelkeit hervorruft, wie es übrigens jeder feine und selbst angenehme Geruch täte, der auf sein Maximum von Kraft und Dichtigkeit sozusagen gebracht würde. Ich möchte nebenbei bemerken, dass diese Behauptung umgedreht werden kann, und dass der widerlichste und abstossendste Geruch vielleicht angenehm würde, wenn er auf sein Minimum von Menge und Verbreitung reduziert würde. – Das also ist das Glück! Es füllt den Fassungsraum eines kleinen Löffels, das Glück mit all seinen

Räuschen, all seinen Tollheiten, all seinen Kindischkeiten! Ihr könnt ohne Furcht schlucken; man stirbt nicht daran. Eure physischen Organe bleiben unbetroffen.

Später werdet ihr vielleicht weniger Mann sein als ihr es heute seid; aber die Strafe ist so fern und der künftige Zusammenbruch einer Natur so schwer zu bestimmen! Was wagt ihr? Morgen ein wenig nervöse Erregung, und wagt ihr nicht täglich grössere Strafen für kleinere Belohnungen? Also, nun ist es getan: Ihr habt sogar euren Extrakt in einer Tasse schwarzen Kaffees aufgelöst, um seine Verbreitung im Körper zu beschleunigen; ihr habt euch darauf eingerichtet, einen nüchternen Magen zu haben und eure Hauptmahlzeit auf neun oder zehn Uhr abends verschoben, um dem Geist alle Handlungsfreiheit zu lassen; frühestens in einer Stunde werdet ihr eine leichte Suppe löffeln. So seid ihr denn genügend für eine lange und merkwürdige Reise gerüstet. Der Dampfer hat gepfiffen, die Segel sind gehisst, und ihr habt den gewöhnlichen Reisenden das voraus, dass ihr nicht wisst, wohin ihr reist. Ihr habt es gewollt; es lebe das Verhängnis! Ich setze voraus, dass ihr vorsichtig genug wart, den Augenblick für euer Abenteuer gut zu wählen. Jede vollkommene Ausschweifung erfordert vollkommene Ruhe. Ihr wisst, dass der Haschisch nicht nur die

Personen, sondern auch die Umstände und die Umgebung steigert; ihr habt keine Pflicht zu erfüllen, die Pünktlichkeit und Genauigkeit erfordert; keinen heimlichen Kummer; keine Liebesschmerzen.

Das müsst ihr beachten. Dieser Kummer, diese Unruhe, diese Erinnerung an Pflicht, die euren Willen und eure Aufmerksamkeit zu bestimmter Stunde erfordert, würden wie eine Schiffsglocke durch eure Trunkenheit gellen und euer Vergnügen vergiften. Die Unruhe würde zum Alpdruck, der Kummer zur Pein. Wenn ihr alle diese Vorsichtsmassnahmen getroffen habt, das Wetter schön ist, ihr in einer günstigen Umgebung euch befindet, wie der einer malerischen Landschaft oder einer geschmackvoll eingerichteten Wohnung, wenn ihr überdies ein wenig Musik hören könnt, steht alles zum besten. Im Haschischrausch gibt es gewöhnlich drei unterscheidbare Phasen: Und es ist unterhaltend genug, die ersten Symptome der ersten Phase bei den Neulingen zu beobachten. Ihr habt vage von der wunderbaren Wirkung des Haschisch reden hören. Eure Einbildungskraft hat sich daraus ein wunderbares Bild geformt, wie etwa das einer idealen Trunkenheit: Ihr brennt darauf festzustellen, ob die Wirklichkeit ganz die Höhe eurer Hoffnungen erreichen wird. Das genügt, um euch von Anfang an in einen ängstlichen Zustand zu versetzen, der der erobernden und überschwemmenden Kraft ziemlich günstig ist.

Die meisten Neulinge klagen ganz zu Anfang über die Langsamkeit der Wirkung. Sie erwarten sie mit kindlicher Ungeduld. Und wirkt die Droge nicht schnell genug auf sie, halten sie grosse ungläubige Reden, die lustig genug für die alten Eingeweihten sind, welche wissen, wie der Haschisch wirkt. Die ersten Anzeichen des Rausches kommen wie die Vorboten eines lang drohenden Gewitters und steigern sich innerhalb dieser Ungläubigkeit selbst. Zuerst befällt dich eine gewisse lächerliche, unwiderstehliche Heiterkeit. Diese Anfälle grundloser Lustigkeit, deren du dich beinahe schämst, wiederholen sich häufig und unterbrechen die Pausen, in denen du verblüfft versuchst, dich zu sammeln. Die einfachsten Worte, die alltäglichsten Gedanken erhalten ein neues und merkwürdiges Aussehen; du wunderst dich sogar, sie bislang so einfach gefunden zu haben. Ähnlichkeiten und Verwandtschaften unzusammenhängender Dinge, die man unmöglich voraussehen konnte, unaufhörliche Wortspiele, erste Andeutung komischer Dinge entsprudeln in einem fort deinem Hirn. Der Dämon hat dich gepackt, es ist nutzlos, gegen diese Heiterkeit anzukämpfen, die schmerzlich wie ein Kitzel ist. Von Zeit zu Zeit lachst du über dich selbst, deine Albernheit und deine Torheit, – und deine Freunde, wenn anders du welche hast, lachen gleichfalls über deinen Zustand und ihren eigenen. Aber da sie nicht boshaft sind, nimmst du es nicht übel.

Diese Heiterkeit, die bald schmachtend, bald packend ist, diese Unruhe in der Freude, diese Unsicherheit, dies Unbestimmte einer Krankheit dauern gewöhnlich nur kurze Zeit. Bald werden die Gedankenverbindungen so locker, der Faden, der deine Einfalle verbindet, so dünn, dass nur deine Genossen dich verstehen können. Und auch das lässt sich nicht nachweisen. Vielleicht glauben sie nur dich zu verstehen, und die Illusion ist eine gegenseitige! Diese Tollheit, diese Lachsalven erscheinen jedem, der nicht im selben Zustand sich befindet wie du, als wirkliche Verrücktheit, zumindest als Albernheit von Besessenen.

Desgleichen erheitern dich die Weisheit, der Verstand und die Regelmässigkeit der Gedanken des vorsichtigen Zeugen, der sich nicht berauscht hat, und unterhalten dich wie eine besondere Art von Wahnsinn. Die Rollen sind vertauscht. Seine Kaltblütigkeit macht dich ironisch bis zum äussersten. Ist nicht für den, der sich nicht in die gleiche Umgebung brachte, die Situation eines Mannes, der sich einer unverständlichen Heiterkeit erfreut, eine merkwürdig komische Situation? Der Verrückte hat Mitleid mit dem Weisen und von diesem Augenblicke an dämmert am Horizont seines Verstandes die Idee seiner Überlegenheit. Bald wird sie wachsen, anschwellen und wie ein Meteor platzen. Ich war Zeuge einer solchen Szene, die sich bis zum äussersten auswuchs und deren Groteskheit nur denen verständlich war, die aus Beobachtung wenigstens die Wirkung des Haschisch und den ungeheuren Unterschied der Schwingungen kennen, die sie zwischen zwei als gleich vorausgesetzten Intellekten hervorbringt. Ein berühmter Musiker, der die Eigenschaften des Haschisch nicht kannte und vielleicht niemals von ihm hatte reden hören, fällt mitten in eine Gesellschaft, in der mehrere Mitglieder ihn genommen hatten. Man versuchte ihm die merkwürdigen Wirkungen zu erklären.

Er hört gefällig lächelnd diese Ausführungen mit an wie ein Mann, der während einiger Minuten kein Spielverderber sein will. Sein Missverständnis wird schnell von diesen giftgeschärften Geistern durchschaut und ihr Lachen verletzt ihn. Diese Freudenausbrüche, diese Wortspiele, diese aufgeregten Gesichter, diese ganz ungesunde Atmosphäre irritieren ihn und bringen ihn vielleicht früher als er es wollte, dazu, zu erklären, dieses Theater sei schlecht, und im übrigen müsste die Rolle recht anstrengend für die sein, die sie spielen. Das Komische daran erhellte wie ein Blitz alle Geister. Das Gelächter verdoppelte sich: „Diese Rolle mag Ihnen vielleicht liegen, „sagte er, „aber ich danke dafür." – „Die Hauptsache ist, dass sie uns liegt," antwortete egoistisch einer der Kranken. Da er nicht wusste, ob er es mit wirklich Verrückten zu tun hatte oder mit Leuten, die simulieren, will unser Musiker sich zurückziehen.

Aber jemand schliesst die Tür ab und steckt den Schlüssel ein, ein anderer aus der Gesellschaft kniet vor ihm nieder, bittet ihn im Namen der Gesellschaft um Verzeihung und erklärt ihm unverschämt, aber mit tränenden Augen, dass trotz seiner geistigen Minderwertigkeit, die vielleicht ein wenig Mitleid erweckt, alle voll freundschaftlichster Gefühle für ihn sind. Er entschliesst sich zu bleiben und erklärt sich sogar auf häufiges Bitten hin bereit, ein wenig zu spielen. Aber die Geigentöne, die durch die Wohnung wie eine neue Pest zogen, packten (das Wort ist nicht zu stark) bald den einen oder den anderen Kranken. Rauhe und tiefe Seufzer ertönten, plötzliches Schluchzen, Bäche stiller Tränen liefen. Der entsetzte Musiker hält ein und nähert sich dem, dessen Glück am lärmendsten war, fragt ihn, ob er sehr leide und ob er etwas tun könnte, ihn zu erleichtern. Einer der Anwesenden, ein praktischer Mensch, schlägt

Limonade und Brom vor, aber der Kranke sieht sie ekstatischen Auges mit unsagbarer Verachtung an. Einen Menschen, der an Lebensüberfluss und an Freude krankt, heilen wollen.

Wie man aus dieser Anekdote ersieht, liegt viel Wohlwollen im Haschischrausch; ein weiches, träges, stummes Wohlwollen, das in der Ermattung der Nerven seinen Grund hat. In Ergänzung dieser Beobachtung erzählte mir jemand ein Abenteuer, das ihm in diesem Rauschzustand begegnet war; er erinnerte sich ganz genau all seiner Gefühle und ich verstand vollkommen, in welche groteske, unbeschreibliche Verwirrung dieser von mir vorerwähnte Unterschied zwischen Schwingung und Niveau ihn geworfen hatte. Ich weiss nicht mehr, ob die fragliche Person ihren ersten oder zweiten Versuch machte. Hatte sie eine etwas zu starke Dosis eingenommen oder hatte der Haschisch ohne besonderen Grund (was häufig geschieht) eine stärkere Wirkung gehabt? Er erzählte mir, dass er sich mitten in seiner Lebensfreude und dem Glauben an sein Genie plötzlich entsetzte. War er zuerst von der Schönheit des Gefühls geblendet, jagte sie ihn plötzlich in Angst und Schrecken?

Er hatte sich gefragt, was aus seinem Verstande und seinen Organen werden würde, wenn dieser Zustand, den er für einen übernatürlichen Zustand hielt, sich immer weiter vertiefte, wenn seine Nerven zarter und zarter würden. Dies muss gemäss des vergrössernden Blickes, den das geistige Auge der Patienten besitzt, eine unerhörte Marter sein. „Ich war“ erzählte er, „wie ein durchgegangenes Pferd, das auf einen Abgrund zustürmt, sich auf halten will, es aber nicht mehr vermag. Es war in der Tat ein erschrecklicher Galopp und meine Gedanken, Sklaven der Umstände, des Milieus, der Gelegenheit, alles was das Wort Zufall umschliesst, arbeiteten ganz und gar rhapsodisch. ›Zu spät‹, wiederholte ich mir verzweifelt. Als diese Art des Fühlens aufhörte, die mir unendlich anzudauern schien und vielleicht nur einige Minuten währte, als ich endlich in die dem Orientalen so liebe Glückseligkeit tauchen zu können meinte, die diesem aufgeregten Zustand folgt, überfiel mich ein neues Unglück, eine neue, recht alltägliche und törichte Angst warf sich auf mich. Ich entsann mich plötzlich, dass ich zu Tisch geladen war, zu einer Gesellschaft von ernsthaften Leuten. Ich sah mich schon im voraus inmitten einer klugen und stillen Versammlung, in der jeder Herr seiner selbst war, gezwungen, sorgfältig meinen Geisteszustand im Scheine der vielen Lampen zu verbergen.

Ich glaubte zwar, dass es mir gelingen würde, aber ich fühlte mich einer Ohnmacht nahe, als ich an die Willenskraft dachte, die ich würde entfalten müssen. Durch irgendeinen Zufall kamen mir die Worte des Evangeliums in den Kopf: ›Wehe dem, der Grund zum Anstoss gibt.‹ Und während ich sie vergessen wollte, mich mühte, sie zu vergessen, wiederholte ich sie fortwährend in meinem Innern. Meine Verzweiflung (denn es war wirkliche Verzweiflung) nahm unerhörte Formen an. Trotz meiner Schwäche beschloss ich etwas Energisches zu unternehmen und zu einem Apotheker zu gehen; denn ich kannte die Gegengifte nicht und wollte frei und ohne Druck in die Welt sehen, in die meine Pflicht mich rief. Aber auf der Schwelle der Apotheke kam mir ein plötzlicher Einfall, der mich einige Augenblicke festnagelte und mir zu denken gab. Ich hatte beim Vorbeigehen soeben in den Spiegel eines Schaufensters geschaut und mein Gesicht hatte mich erstaunt. Welche Blässe, welche eingekniffenen Lippen, welche vergrösserten Augen! Ich werde den armen Mann beunruhigen, sagte ich mir, und wegen solcher Dummheit.

Dazu kam die Angst vor dem Lächerlichen, das ich vermeiden wollte, die Furcht, jemanden im Laden zu treffen. Aber mein plötzliches Wohlwollen für diesen unbekannten Apotheker beherrschte all meine anderen Gefühle. Ich stellte mir vor, dass dieser Mann ebenso empfindlich wie ich selbst in diesem traurigen Augenblicke war, und da ich mir ferner einredete, dass sein Ohr und seine Seele wie die meine beim leisesten Geräusch vibrieren mussten, beschloss ich, auf Zehenspitzen bei ihm einzutreten. Ich kann, sagte ich mir, einem Manne gegenüber, dessen Mitleid ich in Anspruch nehmen will, nicht genügend Zurückhaltung üben. Auch nahm ich mir vor, den Ton meiner Stimme ebenso wie den Klang meiner Schritte zu dämpfen. Sie kennen die Haschischstimme? Schwer, tief, gaumig und sehr ähnelnd der der alten Opiumesser. Das Resultat war dem, was ich erreichen wollte, entgegengesetzt. Entschlossen den Apotheker zu beruhigen, entsetzte ich ihn. Er kannte diese Krankheit nicht, hatte nie von ihr sprechen gehört. Immerhin betrachtete er mich mit einer misstrauengemischten Neugierde.

Hielt er mich für einen Verrückten, einen Verbrecher oder einen Bettler; all diese widersinnigen Gedanken gingen mir durch den Kopf. Ich musste ihm ausführlich (wie ermüdend!) erklären, was Haschischkonfekt ist, wozu es dient, und wiederholte ihm dabei unaufhörlich, dass es ganz ungefährlich sei, dass er keinen Grund hätte sich zu beunruhigen, und dass ich nur ein abschwächendes oder gegenwirkendes Mittel verlangte. Und wiederholte immer wieder den aufrichtigen Kummer, den ich darüber empfand, ihm Unbequemlichkeiten zu verursachen. Endlich – erfassen Sie die ganze Demütigung, die darin für mich lag – bat er mich einfach hinauszugehen. Dies war die Dankbarkeit für meine übertriebene Rücksicht und mein Wohlwollen. Ich ging in meine Gesellschaft; ich stiess nirgends an. Keiner ahnte die übermenschliche Anstrengung, die es mich kostete, nicht aufzufallen. Aber niemals werde ich die Qualen einer überpoetischen Trunkenheit vergessen, die Anstands- und gesellschaftliche Pflichten durchkreuzte.

Obgleich es mir eigentlich nahe liegt, an allen Schmerzen, die der Phantasie entspringen, Anteil zu nehmen, konnte ich nicht umhin, über diesen Bericht zu lachen. Mein Berichterstatter wurde nicht gebessert. Er fuhr fort, in dem verfluchten Extrakt die Erregung zu suchen, die man in sich selbst finden muss. Aber da es ein vorsichtiger und gesetzter Weltmann ist, hat er die Dosen verringert, was ihm ermöglicht, sie häufiger zu nehmen. Er wird später die faulen Früchte seiner Lebensweise ernten.

Ich komme auf die gewöhnliche Entwicklung des Rausches zurück. Nach dieser ersten Phase heftiger Heiterkeit tritt wie eine plötzliche Ruhe ein. Aber neue Ereignisse kündigen sich bald durch ein Gefühl von Kühle (die bei einigen sich sogar zu äusserstem Kältegefühl steigern kann) und eine grosse Schwäche in allen Gliedern an; deine Hände sind wie aus Butter, im Kopf und deinem ganzen Wesen fühlst du eine Dumpfheit und quälende Betäubung. Deine Augen werden grösser; sie irren wie in einer unstillbaren Ekstase nach allen Richtungen. Blässe befällt dein Antlitz; die Lippen werden schmal und treten mit jenem Keuchen in den Mund zurück, das den Ehrgeiz eines Mannes voll grosser Pläne charakterisiert, der von ungeheueren Gedanken bedrückt seinen Atem gleichsam zum Anlauf sammelt. Die Kehle schliesst sich sozusagen. Der Gaumen wird durch einen Durst ausgetrocknet, den zu stillen es unerhört süss sein inüsste, wäre das Entzücken der Faulheit nicht grösser noch und setzte der leisesten Körperbewegung Widerstand entgegen. Rauhe und tiefe Seufzer entringen sich deiner Brust, als könnte dein früherer Leib die Wünsche und den Tatendurst deiner neuen Seele nicht mehr ertragen. Von Zeit zu Zeit geht ein Ruck durch deinen Körper und zwingt dich zu einer ungewollten Bewegung, gleich jenem Aufschrecken, das am Ende eines arbeitsreichen Tages oder einer Gewitternacht dem endlichen Schlummer vorausgeht.

Ehe ich weitergehe, will ich bezüglich dieses obenerwähnten Kältegefühls, eine weitere Anekdote erzählen, die einen Beweis dafür liefern wird, bis zu welchem Grade sogar die rein körperlichen Wirkungen bei den verschiedenen Personen wechseln können. Dieses Mal spricht ein Literat, und in einigen Stellen meines Berichtes wird man, glaube ich, die Anzeichen eines literarischen Temperamentes entdecken.

„Ich hatte," erzählte er mir, „eine mässige Dosis Extrakt genommen und alles ging zum Besten. Die Krisis krankhafter Heiterkeit hatte nur kurze Zeit über angehalten, und ich befand mich in einem Zustand der Hingabe und des Erstaunens, der beinahe Glück war. Ich versprach mir also einen ruhigen und sorglosen Abend. Unglücklicherweise zwang mich der Zufall, jemanden ins Theater zu begleiten. Ich entschloss mich heldenhaft, meinen unermesslichen Wunsch nach Faulheit und Bewegungslosigkeit zu unterdrücken. Alle Droschken meines Viertels waren besetzt, und so musste ich mich entschliessen, einen langen Weg zu Fuss zu machen, hin durch den kreischenden Lärm der Wagen, das törichte Geschwätz der Bekannten, dieses ganzen Ozeans von Trivialitäten. Meine Fingerspitzen hatten sich schon leicht abgekühlt, bald wurden sie so kalt als hätte ich beide Hände in einen Kübel mit Eiswasser gesteckt. Aber es war nicht schmerzhaft; dieses fast schneidende Gefühl durchdrang mich eher wie Wollust. Indessen erschien es mir, als umfinge mich diese Kälte mehr und mehr, je weiter ich diese unendliche Reise fortsetzte. Zwei- oder dreimal fragte ich die Person, die ich begleitete, ob es wirklich sehr kalt wäre. Als ich endlich im Theater war und in der für mich bestimmten Loge sass, drei oder vier Stunden Ruhe vor mir, glaubte ich im gelobten Lande angekommen zu sein. Die Gefühle, die ich während des Weges mit meiner ganzen armseligen Energie, die ich noch besass, zurückgedrängt hatte, überwältigten mich, und ich gab mich schrankenlos meinem stummen Wahnsinn hin. Die Kälte steigerte sich noch immer, und doch erblickte ich leichtgekleidete Leute, von denen sich sogar einige mit müdem Ausdruck die Stirn wischten. Der erfreuliche Gedanke stieg in mir auf, dass ich ein bevorzugter Mensch wäre, der allein das Recht hätte, Sommers in einem Theater zu frieren. Die Kälte wuchs beunruhigend; aber vor allen Dingen war ich von der Begierde beherrscht zu erfahren, bis zu welchem Grade sie sich steigern würde. Endlich war sie so stark, so völlig, so allgemein, dass meine ganzen Gedanken sozusagen einfroren: ich war ein denkendes Eisstück. Ich sah mich als eine aus einem Eisblock gehauene Statue, und diese verrückte Halluzination machte mich stolz, erregte in mir ein moralisches Wohlbefinden, das ich Ihnen nicht beschreiben könnte. Was meine scheussliche Freude erhöhte, war die Gewissheit, dass keiner der Umsitzenden meine Natur erkannte und in welchem Grade ich ihnen überlegen war. Das Glück ferner zu denken, dass mein Begleiter keinen Augenblick nur geahnt hatte, von welchen merkwürdigen Gefühlen ich besessen war! Ich wurde für meine Verstellung belohnt, und meine ausser-ordentliche Wollust war ein wirkliches Geheimnis. Kaum war ich in meine Loge getreten, hatten meine Augen eine Vorstellung von Dunkelheit, die mir mit der Kälteidee im Zusammenhang zu stehen schien. Diese beiden Ideen hatten sich möglicherweise gegenseitig ihre Kraft gegeben. Sie wissen, dass der Haschisch immer Lichtzauber, fabelhaften Glanz, Kaskaden flüssigen Goldes hervorzaubert; jedes Licht taugt ihm, das glatte dahinrieselnde und das, das wie Flitter an den Spitzen und Vorsprüngen hängen bleibt, die Leuchter in den Salons, die Kerzen der Marienfeier, die Rosenlawinen der Sonnenuntergänge; – anscheinend verbreitete der elende Lüster für diesen unstillbaren Durst nach Helligkeit ein recht ungenügendes Licht; also war es mir, wie ich es Ihnen sagte, als träte ich in eine Welt voll Nebel, der im übrigen immer dichter wurde, während ich von Polarnacht und ewigem Winter träumte. Nur die Bühne (es war eine Possenbühne) leuchtete unendlich klein und in der Ferne, ganz weit wie am Ende eines ungeheueren Stereoskops. Ich will nicht behaupten, dass ich den Schauspielern zuhörte, Sie wissen, dass das unmöglich ist. Von Zeit zu Zeit klammerten sich meine Gedanken vorübergehend an einen Satzfetzen, und ähnlich einer geschickten Tänzerin benutzten sie ihn wie ein Trampolin, um in sehr ferne Träume zu springen. Man könnte glauben, dass ein solcher Art gehörtes Drama ohne Logik und Zusammenhang ist; Sie irren: Ich entdeckte einen sehr feinen Sinn in dem Stück, das meine Unaufmerksamkeit dichtete. Nichts setzte mich in Erstaunen, und ich ähnelte ein wenig dem Dichter, der, als er zum ersten Male ›Esther‹ spielen sah, es ganz natürlich fand, dass Hamann der Königin eine Liebeserklärung machte. Es war, man errät es, der Augenblick, wo er sich Esther zu Füssen wirft, um Verzeihung für seine Verbrechen zu erflehen. Wenn alle Dramen in solchem Zustand gehört würden, würden sie sehr an Schönheit gewinnen, sogar die Schillerschen.

Die Schauspieler erschienen mir ausserordentlich klein und wie Meissonniersche Figurinen sorgfältig und genau umrissen. Ich erkannte deutlich nicht nur die feinsten Einzelheiten ihrer Kleider,

Stoffmuster, Nähte, Knöpfe usw. sondern sogar den Trennungsstrich zwischen Stirn und Perücke, das Weiss, das Blau, das Rot und alle Schminkmittel. Und all diese Liliputaner standen in einer Kälte und magischen Helligkeit wie die, die ein sehr klares Glas auf ein Ölbild wirft. Als ich endlich diesen Keller voll eisiger Nebel verlassen konnte und ich mir, während der Rausch versank, selbst wiedergegeben wurde, empfand ich eine grössere Müdigkeit als jemals nach einer langen und schweren Arbeit.

In der Tat ergibt sich in diesem Stadium des Rausches eine neue Feinfühligkeit, eine Überschärfung aller Sinne; Geruch, Gesicht, Gehör und Gefühl nehmen gleichen Anteil daran. Die Augen suchen die Unendlichkeit. Das Ohr vernimmt fast unhörbare Töne im grössten Tumult, dann beginnen die Halluzinationen. Die Gegenstände der Aussenwelt nehmen langsam und nacheinander merkwürdige Gestalt an. Sie ändern und verändern sich. Dann folgen der Doppelsinn, der Irrtum und das Spiel der Ideen. Die Töne bekommen Farben und die Farben geben Musik. Dies, wird man sagen, ist nur natürlich und jedes poetische Gemüt kann gleiches in gesundem und normalem Zustande leicht erfahren. Aber ich habe den Leser bereits darauf aufmerksam gemacht, dass es im Haschischrausch nichts tatsächlich Übernatürliches gibt; nur dass diese Analogien von ungewohnter Lebendigkeit sind. Sie durchdringen, ergreifen und übermannen herrisch den Geist. Die Töne werden Zahlen, und wenn dein Geist etwas Begabung für Mathematik hat, verändert sich hier die gehörte Melodie und Harmonie, während sie dabei ihren wollüstigen und sinnlichen Charakter behält, in eine ungeheure mathematische Aufgabe, in der sich Zahlen den Zahlen gesellen und deren Phasen und Auflösung du mit unerklärlicher Leichtigkeit und der den Spielenden gleichen Geschicklichkeit folgst.

Mitunter verschwindet das Persönlichkeitsbewusstsein, und die Objektivität, die pantheistischen Dichtern eigen ist, entwickelt sich in dir so ausserordentlich, dass die Betrachtung der äusseren Dinge dich deine eigene Existenz vergessen lässt und du bald in ihnen aufgehst. Deine Augen richteten sich auf einen im Wind harmonisch gewiegten Baum; in wenigen Augenblicken wird, was im Hirn eines Dichters ein sehr gewöhnlicher Vergleich wäre, in dem deinen zur Wirklichkeit. Du verleihst zunächst dem Baum deine Leidenschaften, deinen Wunsch oder deine Melancholie. Sein Seufzen und sein Zittern wird zu deinem, und bald bist du der Baum. Ebenso stellt der Vogel, der in der Tiefe des Himmels schwebt, zunächst die unsterbliche Lust, über den menschlichen Dingen zu gleiten dar; aber schon bist du der Vogel selbst. Nimm an, dass du sitzest und rauchst, dass deine Aufmerksamkeit ein wenig zu lange auf den bläulichen Wolken, die deiner Pfeife entsteigen, ruht – der Gedanke an ein langsam, ständiges, ewiges Verdampfen ergreift deinen Geist, bald überträgst du diese Idee deinen eigenenen Gedanken, deiner denkenden Materie. Durch merkwürdige Doppelsinnigkeit und durch eine Art Umstellung oder geistiges Quiproquo fühlst du dich selbst verdampfen und wirst deiner Pfeife (in der du dich hockend und wie Tabak brennend fühlst) die merkwürdige Fähigkeit zusprechen, dich selbst zu rauchen.

Zum Glück hat diese unendliche Phantasie nur einige Minuten gedauert, denn in einem kurzen klaren Augenblick hast du es unter grosser Mühe fertiggebracht, auf die Uhr zu sehen. Aber schon trägt dich ein anderer Gedankenfluss fort; auch er wird dich eine Minute in seinem lebendigen Wirbel forttreiben, und diese weitere Minute wird zu einer weiteren Ewigkeit werden. Denn die Begriffe der Zeit und des Daseins werden durch die Vielheit und die Intensität der Gefühle und der Ideen völlig verwirrt. Es ist, als lebte man mehrere Menschenleben in einer Stunde. Ähnelst du nicht einem phantastischen Roman, der gelebt anstatt geschrieben wird? Zwischen Organen und Freuden gibt es keine Kongruenz mehr; und hauptsächlich diese Betrachtung begründet das Sträfliche dieser gefährlichen Übung, in der man die Freiheit verliert.

Wenn ich von Halluzinationen rede, darf man das Wort nicht wörtlich nehmen. Ein sehr wichtiger Faktor unterscheidet die reine Halluzination, die zu studieren die Ärzte oft Gelegenheit haben, von der Halluzination oder besser dem Gedankenirrtum im Haschischrausch. Im ersten Falle ist die Halluzination plötzlich, vollkommen und verhängnisvoll; sie findet des weiteren weder Vorwand noch Entschuldigung in der Welt der äusseren Gegenstände. Der Kranke sieht eine Form, hört Töne, wo es keine gibt. Im zweiten Fall entsteht die Halluzination nach und nach fast durch freien Willen und wird erst durch die Arbeit der Einbildungskraft vollkommen und reif. Kurz, sie hat einen Vorwand. Der Ton wird zwar sprechen, deutliche Dinge sagen, aber der Ton war da. Das trunkene Auge des haschischberauschten Menschen wird merkwürdige Formen sehen, aber diese Formen waren einfach und natürlich, ehe sie sonderbar und ungeheuer wurden. Die Energie und die wirklich sprechende Lebhaftigkeit der Haschischhalluzination entkräftet in nichts diesen wesentlichen Unterschied. Sie wurzelt in der tatsächlichen Umgebung und im Augenblick, jene nicht. Um dieses Durcheinander in der Einbildung, diese Reife des Traumes und die poetischen Ausgeburten, zu denen ein haschischvergiftetes Hirn verurteilt ist, besser zu belegen, werde ich noch eine Anekdote erzählen. Dieses Mal spricht kein junger, nichtstuerischer Mensch, auch kein Literat. Es ist eine Frau, eine schon etwas reife, neugierige, leicht erregbare Frau, die ihrer Neugier, das Gift kennenzulernen, nachgab, und wie folgt für eine andere Dame ihre Hauptvision niederschrieb. Ich gebe sie wörtlich:

„Wie merkwürdig und neu auch die Gefühle sein mögen, die ich in meiner zwölfstündigen Tollheit empfand (zwölfstündig, zwanzigstündig? Wahrhaftig, ich weiss es nicht), ich will es nie wieder tun. Allzu gross ist die Aufregung des Geistes, die Müdigkeit nachher allzu gross; und alles in allem finde ich in dieser Kinderei etwas Verbrecherisches. Ich habe meiner Neugier nachgegeben; und dann war es eine allgemeine Tollheit, bei alten Freunden, wo ich keine grosse Gefahr darin sah, ein wenig die Haltung zu verlieren. Vor allen Dingen muss ich Ihnen sagen, dass dieser verfluchte Haschisch ein sehr heimtückischer Saft ist. Mitunter glaubt man, den Rausch überwunden zu haben, aber diese Ruhe trügt. Es kommen Ruhepausen, dann aber wieder neue Anfälle. Und so befand ich mich denn gegen zehn Uhr abends in einem dieser kurzen ruhigen Zustände; ich glaubte, von jenem Lebensüberschuss erlöst zu sein, der mich, ich gebe es zu, so erfreut hatte, aber auch Angst und Furcht barg. Ich ass mit Vergnügen zu Abend, wie von einer langen Reise erschöpft. Bis dahin hatte ich vorsichtigerweise gefastet. Aber schon bevor ich vom Tisch aufstand, hatte mich der Rausch wieder wie eine Katze die Maus ergriffen, und das Gift begann von neuem mit meinem armen Gehirn zu spielen. Obgleich mein Haus nahe beim Schloss unserer Freunde liegt und ein Wagen zu meiner Verfügung stand, war ich vom Wunsche, zu träumen und mich dieser unwiderstehlichen Tollheit hinzugeben, so besessen, dass ich freudig ihr Anerbieten, mich bis zum Morgen dazubehalten, annahm. Sie kennen das Schloss, wissen, dass man den ganzen von der Herrschaft bewohnten Flügel neu eingerichtet, tapeziert und modernisiert hat, den aber für gewöhnlich unbewohnten Teil in seinem alten Stil und seiner alten Einrichtung liess. Man beschloss, ein Schlafzimmer für mich in diesem Teil des Schlosses zu improvisieren, und wählte zu diesem Zweck das kleinste Zimmer, eine Art Boudoir, das schon ein wenig verblasst und verschossen, darum aber nicht weniger reizend war. Ich muss es Ihnen, so gut es geht, beschreiben, damit Sie die merkwürdige Vision verstehen, deren Opfer ich war, eine Vision, die mich die ganze Nacht beschäftigte, ohne dass ich Zeit hatte, die Flucht der Stunden zu merken.

Das Boudoir ist sehr klein und sehr eng. In Gesimshöhe wölbt sich die Decke. Die Wände werden von schmalen und langen Spiegeln bedeckt, die durch Panneaux geteilt sind, auf denen Landschaften in leicht dekorativem Stil gemalt waren. In der Höhe des Gesimses befinden sich auf allen vier Wänden verschiedene allegorische Figuren, in ruhender Stellung die einen, die anderen im Laufen oder im Flug. Über ihnen einige glänzende Vögel und Blumen. Hinter den Figuren erhebt sich ein perspektivisch gezeichnetes Gitterwerk, das sich natürlich der Wölbung der Decke angliedert. Die Decke ist vergoldet. Alle Zwischenräume zwischen den Stäben und Figuren sind also goldbedeckt, und in der Mitte wird das Gold nur durch das geometrische Netz des gemalten Gitterwerkes unterbrochen. Sie sehen, dass das Ganze etwas einem sehr vornehmen Bauer ähnelt, einem sehr schönen Bauer für einen sehr grossen Vogel. Ich muss hinzufügen, dass die Nacht sehr schön und sehr klar war, der Mond so hell leuchtete, dass, als ich das Licht verlöscht hatte, die ganze Bemalung sichtbar blieb, nicht, wie Sie meinen könnten, durch das Auge meines Geistes, sondern durch die schöne Nacht erhellt, deren Glanz um all diese Goldstickereien, Spiegel und bunten Farben hing.

Zuerst war ich sehr erstaunt, vor mir, neben mir und von allen Seiten her grosse Weiten sich breiten zu sehen; es waren klare Flüsse, und die grünenden Landschaften spiegelten sich in den stillen Gewässern. Sie erraten schon die Wirkung der in den Spiegeln widergespiegelten Panneaux. Als ich die Augen hob, sah ich einen Sonnenuntergang gleich erkaltetem flüssigem Metall. Es war das Gold der Decke; aber das Gitter hiess mich glauben, dass ich in einer Art Käfig oder in einem nach allen Seiten offenen Haus mich befand, und dass ich von all diesen Wundern nur durch die Gitter meines kostbaren Gefängnisses getrennt war. Zuerst lachte ich über meine Einbildung. Aber je mehr ich hinschaute, um so mehr verstärkte sich das Wunder, wurde es lebendiger, klarer und von zwingender Wirklichkeit. Von da an beherrschte der Gedanke, gefangen zu sein, meinen Geist, ohne, wie ich es zugebe, den vielen Freuden allzusehr Abbruch zu tun, die ich aus dem um mich und über mir stattfindenden Schauspiel zog. Ich sah mich wie auf lange Zeit, für tausende von Jahren vielleicht, in diesem wollüstigen Käfig inmitten dieser Feenlandschaften und wunderbaren Horizonte gefangen, und träumte von Dornröschen, von Sühne, die ich tragen musste, und späterer Erlösung. Über meinem Haupt flatterten herrliche tropische Vögel, und da mein Ohr den Ton der Glöckchen an den Hälsen der Pferde hörte, die in der Ferne auf der Landstrasse trabten, vereinigten die beiden Sinne ihre Eindrücke zu einer einzigen Vorstellung, ich schrieb den Vögeln diesen geheimnisvollen bronzenen Gesang zu und glaubte, dass sie aus metallischer Kehle sängen. Anscheinend sprachen sie von mir und feierten meine Gefangenschaft. Hüpfende komische Affen schienen die ausgestreckte, zur Unbeweglichkeit verdammte Gefangene zu verspotten. Aber all die mythologischen Götter sahen mich mit reizendem Lächeln an, wie um mir Mut einzuflössen, meine Verzauberung geduldig zu ertragen, und alle Augen folgten mir, als wollten sie meinen Blick festhalten.

Ich schloss, dass, wenn alte Fehler, Sünden, die ich selbst nicht kannte, diese vorübergehende Strafe verschuldet hatten, ich dennoch auf die Güte der Götter vertrauen konnte, die, während sie mich zur Klugheit verurteilten, mir dennoch grössere Freude bieten würden als das Puppenspiel, das unsere Jugend füllte. Aber ich muss gestehen, dass das Vergnügen, diese Form und diese leuchtenden Farben zu betrachten, das Vergnügen, mich als Mittelpunkt eines phantastischen Traumes zu sehen, meist alle anderen Gedanken überwucherte. Dieser Zustand dauerte lange, sehr lange ... dauerte er bis zum Morgen? Ich weiss es nicht. Plötzlich sah ich die Sonne in mein Zimmer scheinen. Ich empfand ein lebhaftes Erstaunen und trotz aller Anstrengungen, mich zu erinnern, brachte ich es nicht fertig festzustellen, ob ich geschlafen hatte oder geduldig eine köstliche Schlaflosigkeit überstanden hatte. Eben noch war es Nacht und jetzt Tag! Und inzwischen hatte ich lange gelebt, sehr lange! Das Zeitgefühl oder besser das Gefühl für die Zeiteinteilung war verschwunden, und die ganze Nacht war für mich nur an der Vielheit meiner Gedanken zu messen. So lang sie mir unter diesem Gesichtswinkel erscheinen musste, war es in anderer Hinsicht wieder, als hätte sie nur einige Sekunden gedauert, oder dass sie überhaupt nicht zum Teil der Ewigkeit geworden war.

Ich schweige von meiner Müdigkeit ... , sie war ungeheuerlich. Man sagt, dass der Enthusiasmus der Dichter und schöpferischen Menschen dem ähnelt, was ich empfand, obgleich ich immer der Meinung war, dass Menschen, die die Aufgabe haben uns zu bewegen, ein sehr ruhiges Temperament besitzen müssten. Aber wenn das poetische Delirium dem ähnelt, was mir ein kleiner Löffel Konfekt verschaffte, meine ich, dass das Vergnügen des Publikums den Dichtern sehr teuer zu stehen kommt, und nicht ohne ein gewisses Wohlbefinden einer prosaischen Genugtuung fand ich mich endlich nach Hause, in mein geistiges Zuhause, will sagen: in mein reales Leben zurück.“

Man sieht, eine sehr vernünftige Frau; aber wir wollen ihren Bericht nur verwerten, um aus ihm einige Nutzanwendungen zu ziehen, die diese kurz zusammengefasste Beschreibung der hauptsächlichen Gefühle des Haschischrauchers ergänzen werden.

Sie sprach vom Abendbrot als einem sehr zurecht kommenden Vergnügen und zwar in dem Augenblick, wo eine plötzliche Erhellung, die ihr indessen endgültig schien, es ihr erlaubte, das wirkliche Leben wieder aufzunehmen. In der Tat gibt es, wie ich dies auch schon erwähnte, Pausen und trügerische Ruhe, und häufig erzeugt der Haschisch grossen Hunger, fast immer aussergewöhnlichen Durst. Nur bewirken Mittag- oder Abendbrot anstatt dauernder Ruhe diese neuen Anfälle, schwindelnden Krisen, über die unsere Erzählerin klagt, und der eine Reihe zauberischer, leicht furchtvermischter Visionen folgten, denen sie sich entschlossen und gutwillig hingab. Dieser fragliche Hunger und quälende Durst können nicht ohne eine gewisse Mühe gelöscht werden. Denn der Mensch fühlt sich so über die materiellen Dinge erhaben, oder besser, er ist so tief in seinen Rausch versunken, dass er grosser Anstrengungen bedarf, um eine Flasche oder eine Gabel zu bewegen.

Die endliche Krise, die durch die Verdauung der Nahrung hervorgerufen wird, ist in der Tat sehr heftig: man kann nicht gegen sie ankämpfen; und ein solcher Zustand wäre nicht zu ertragen, wenn er lange dauerte uud nicht bald einer anderen Phase des Rausches wiche, der sich in erwähntem Falle in herrlichen, leicht schreckenden und zu gleicher Zeit ganz tröstlichen Visionen bezeugte. Dieser neue Zustand ist das, was die Orientalen ›Kief‹ nennen. Er ist frei von Aufregung und Unruhe; es ist eine ruhige unbewegliche Glückseligkeit, eine göttliche Abgeklärtheit. Seit langem bist du nicht mehr dein eigener Herr, aber es stimmt dich nicht mehr traurig. Schmerz und Zeitbegriffe entschwanden, oder wenn sie mitunter noch aufzutauchen wagen, sind sie durch das vorherrschende Gefühl abgewandelt; und sie verhalten sich zu ihrer üblichen Form wie die dichterische Melancholie zum wirklichen Schmerz.

Aber betrachten wir zunächst im Bericht der Dame, (und darum gab ich ihn wieder) dass die Halluzination unecht ist, und ihr wesentliches der äusseren Umgebung entlehnt. Der Geist ist der

Spiegel nur, in dem die Umgebung übertrieben verändert reflektiert. Dann sehen wir, wie das eintritt, was ich gern die moralische Halluzination nennen möchte: Die Betreffende glaubt einer Sühne unterworfen zu sein; aber das weibliche Temperament, das sich wenig zur Analyse eignet, gestattete ihr nicht den merkwürdig optimistischen Charakter genannter Halluzination zu verzeichnen. Der wohlwollende Blick der olympischen Götter war rein haschischerzeugte Phantasie. Ich will nicht behaupten, dass diese Dame nahezu Gewissensbisse hatte; aber ihre Gedanken, die einen Augenblick lang der Melancholie und dem Bedauern sich zuwandten, wurden schnell von Hoffnung wieder belebt. Dies ist eine Beobachtung, die nachzuprüfen wir noch Gelegenheit finden werden.

Sie hat von der Ermüdung am andern Morgen gesprochen: In der Tat ist diese Ermüdung gross; aber sie zeigt sich nicht alsbald, und im Augenblick, wo sie dich packt, bist du erstaunt. Denn, wenn du zuerst erkanntest, dass ein neuer Tag am Horizont deines Lebens aufsteigt, empfindest du ein erstaunliches Wohlbefinden; du meinst geistig selten frisch zu sein. Aber kaum bist du aufgestanden, folgt dir ein alter Rest von Trunkenheit nach und hält dich wie die Ketten deiner eben durchlebten Sklaverei fest. Deine schwachen Beine tragen dich nur mühsam, und jeden Augenblick fürchtest du, wie ein zerbrechlicher Gegenstand zu zerschellen. Eine grosse Mattigkeit (von der einige Menschen behaupten, dass sie nicht ohne Reiz sei) befällt deinen Geist und senkt sich auf all deine Fähigkeiten wie Nebel auf eine Landschaft. Für einige Stunden noch bist du unfähig zur Arbeit, zur Handlung und zur Energie. Das ist die Strafe für die ruchlose Verschwendungssucht, mit der du dein nervöses Fluidum verausgabtest. Das hat deine Persönlichkeit in die vier Winde des Himmels gestreut, und welche Mühe empfindest du nicht jetzt, sie zusammenzubringen und zu konzentrieren.

IV

Der Gottmensch

Es wird Zeit, dieses Gaukelspiel und diese groben Marionetten bei Seite zu lassen, die aus dem Dunst kindlicher Gemüter entstehen. Müssen wir nicht von wichtigeren Dingen reden: Von den Veränderungen der menschlichen Gefühle und in einem Wort von der Haschischmoral?

Bisher gab ich nur eine abgekürzte Monographie des Rausches, beschränkte mich darauf, seine hauptsächlichsten Züge, vornehmlich die materiellen Züge festzulegen. Aber was, wie ich glaube, für einen geistigen Menschen wichtiger ist, ist, die Wirkung des Giftes auf eben den Geist des Menschen kennenzulernen, das heisst: die Vergrösserung, Veränderung und Übertreibung seiner übrigen Gefühle und moralischen Begriffe, die nun in einer ausserordentlichen Atmosphäre ein wirkliches Phänomen von Strahlenbrechung ergeben.

Der Mensch, der lange dem Opium oder Haschisch gefröhnt hat und der, geschwächt wie er es durch seine Leidenschaft ist, die notwendige Energie aufgebracht hat, sich los zu machen, kommt mir wie ein entsprungener Sträfling vor. Er erregt meine Bewunderung in höherem Masse als der vorsichtige Mensch, der niemals gefehlt hat, weil er immer der Versuchung aus dem Wege ging. Die Engländer brauchen häufig bezüglich der Opiumesser Bezeichnungen, die nur dem Unschuldigen übertrieben erscheinen können, dem die Schrecken solchen Verfalls unbekannt sind: enchained, fettered, enslaved! Ketten in der Tat, neben denen alle anderen Ketten, die der Pflicht und der freien Liebe, nur Gazestreifen, nur Spinnweben sind! Schreckliche Ehe des Mannes mit sich selbst! „Ich war zum Sklaven des Opiums geworden; es hielt mich in seinen Banden, und alle meine Arbeiten und meine Pläne hatten die Farbe meiner Träume angenommen“ sagt der Gatte Ligeias; aber in wieviel herrlichen Stellen beschreibt Edgar Poe, dieser unvergleichliche Dichter, dieser unwiderlegbare Philosoph, den man immer gelegentlich geheimnisvoller Geisteskrankheiten zitieren muss, nicht den dunklen und packenden Glanz des Opiums! Der Liebhaber der strahlenden Berenice, der Metaphysiker Egoeus, erzählt von einer Störung in seinen Fähigkeiten, die ihn dazu bringt, den einfachsten Erscheinungen eine ungewöhnliche und riesenhafte Bedeutung zu geben: „Unermüdlich in langen Stunden des Nachdenkens, die Aufmerksamkeit auf irgendein kindisches Zitat in den Anmerkungen oder dem Text eines Buches gerichtet, den grössten Teil eines Sommertages gefesselt an einen merkwürdigen Schatten, der auf der Tapete oder auf dem Fussboden liegt – mich eine ganze Nacht vergessen, die aufrechte Flamme einer Lampe oder des Kaminfeuers zu beobachten, – den ganzen Tag über vom Blumenparfüm träumen – einförmig irgend ein gewöhnliches Wort so lange wiederholen, bis sein Ton durch stete Wiederholung aufhört, im Geist auch nur irgendeinen Gedanken noch zu erwecken, – so beschaffen waren einige der gewöhnlichsten und ungefährlichsten Abirrungen meiner Denktätigkeit, Abirrungen, die gewiss nicht beispiellos sind, aber ebenso gewiss jede Lösung und jede Analyse in Frage stellen." Und der nervöse Auguste Bedloe, der jeden Vormittag vor dem Spaziergang eine Dosis Opium schluckte, gesteht uns, dass die hauptsächlichste Wohltat, die er aus der täglichen Vergiftung zieht, die ist, übertriebenes Interesse an allen Dingen, selbst an den trivialsten, zu nehmen: „Indessen hat das Opium seine übliche Wirkung gehabt, nämlich die ganze äussere Welt in unser äusserstes Interesse zu rücken. Im Zittern eines Blattes, – in der Farbe eines Grashalmes, – in der Form eines Kleeblattes, – im Summen einer Biene, – im Zerstäuben eines Tautropfens, – im Seufzen des Windes, – in den vagen, dem Wald entsteigenden Düften, entstand eine ganze Welt von Eingebungen, eine herrliche und bunte Prozession ungeordneter und rhapsodischer Gedanken."

So drückt sich der Meister des Grauens, der Fürst des Geheimnisses durch den Mund seiner Personen aus. Diese beiden Eigenschaften des Opiums sind in vollem Umfange auf den Haschisch anwendbar. In beiden Fällen wird der bisher freie Verstand zum Sklaven; aber das Wort rhapsodisch, das so ausgezeichnet einen von der äusseren Welt und dem Zufall des Geschehens beeinflussten und gelenkten Willen beschreibt, ist von treffenderer und schrecklicherer Wahrheit bezüglich des Haschisch.

Beim Haschisch ist Vernunft nur noch ein Wrack im Spiel der Wellen, und der Gedankenfluss verläuft unerhört schneller und ›rhapsodischer‹ Dies bedeutet, glaube ich, klipp und klar, dass der Haschisch in seinem augenblicklichen Zustand viel stärker als das Opium, dem regelmässigen Leben weitaus feindlicher, weitaus zerstörerischer, in einem Wort, weitaus verwirrender ist. Ich weiss nicht, ob zehn Jahre Haschischgenusses ebensolchen Verfall bewirken wie zehn Jahre Opiumgenuss; ich behaupte, dass im Augenblick und für den nächsten Tag der Haschisch eine traurigere Wirkung hat: der eine ist ein freundlicher Verführer, der andere ein ungeordneter Dämon.

Ich will in diesem letzten Teil die moralische Zerstörung beschreiben und analysieren, die durch diese gefährliche und süsse Übung angerichtet wird, eine derartige Zerstörung, so tiefe Gefahr, dass die, die leicht verletzt nur dem Kampfe entkommen, mir wie Tapfere erscheinen, die aus der Höhle eines vielgestaltigen Proteus entwichen, wie Orpheus, der die Hölle besiegte. Und wenn man meine Art zu sprechen für masslose Übertreibung hält, so will ich gestehen, dass ich die berauschenden Gifte nicht nur für die fürchterlichsten und sichersten Mittel halte, deren der Geist der

Finsternis sich bedient, um die jämmerliche Menschheit zu fangen und zu vernichten, sondern für seine trefflichsten Verkörperungen.

Diesmal will ich, um meine Aufgabe abzukürzen und meine Analyse klarer zu machen, anstatt zerstreute Anekdoten zu sammeln, eine Menge Beobachtungen auf eine einzige Person häufen. Ich muss also eine Seele meiner Wahl erfinden. De Quincey behauptete in seiner Beichte sehr richtig, dass das Opium den Menschen nicht einschläfert sondern erregt, aber dass es ihn nur entsprechend seiner Natur erregt, und dass es darum sinnlos wäre, wenn man, um die Wunder des Opiums kennenzulernen, es einem Viehhändler eingäbe; denn dieser würde nur von Ochsen und Weiden träumen. So darf auch ich nicht die schweren Phantasien eines haschischberauschten Viehzüchters beschreiben; wer würde sie mit Vergnügen lesen? Wer würde sie überhaupt lesen? Um meine Figur zu idealisieren, muss ich in ihr, in einem einzigen Kreise, alle Strahlen vereinigen und sie polarisieren; und der tragische Kreis, in dem ich sie einfangen werde, wird, wie gesagt, eine Seele meiner Wahl sein, etwa das, was das achtzehnte Jahrhundert einen ›empfindsamen‹ Menschen, was die romantische Schule einen ›unverstandenen‹ Menschen nannte und was Familien und die bürgerliche Masse für gewöhnlich mit der Bezeichnung ›Original‹ herabsetzen.

Ein halb nervöses, halb galliges Temperament ist am geeignetsten für die Entwicklung solcher Trunkenheit; dazu ein kultivierter Geist mit an Form und Farben geübten Augen; ein zärtliches Herz, im Unglück ermüdet, aber noch bereit zur Verjüngung. Ich will mit deinem Einverständnis so weit gehen, alte Sünden anzunehmen und was sie in einer leicht erregbaren Natur bewirken müssten, nämlich, wenn nicht tatsächlich Gewissensbisse, so wenigstens Bedauern über eine verschwendete und schlecht ausgefüllte Zeit. Die Lust zur Metaphysik und die Kenntnis der philosophischen Theorien über das menschliche Leben sind gewiss keine unnützen Ergänzungen – noch die Liebe zur Tugend, zur abstrakten, stoischen oder mystischen Tugend, die in allen Büchern steht, mit der man die moderne Jugend füttert, als dem höchsten Gipfel, den eine vornehme Seele erklimmen kann. Wenn man noch eine grosse Empfindlichkeit der Sinne hinzufügt, die ich als letzte Bedingung ausgelassen hatte, glaube ich die hauptsächlichsten Eigenschaften des modernen, sensiblen Menschen vereinigt zu haben, dessen, was man die ›banale Form der Originalität‹ heissen könnte. So wollen wir denn jetzt sehen, was aus dieser Individualität wird, wenn sie der Haschisch bis zum Äussersten treibt. Folgen wir diesem Flug der menschlichen Einbildungskraft bis in ihren letzten und blendendsten Winkel, bis zum Glauben des Individuums an seine eigene Göttlichkeit.

Gehörst du zu jenen Seelen, wird die dir innewohnende Liebe zur Form und zu den Farben im Beginn deines Rausches zunächst einen ungeheueren Weideplatz finden. Die Farben werden ungewohnten Glanz annehmen, mit siegreicher Kraft in dein Gehirn dringen. Die Deckengemälde, mögen sie zart, mittelmässig oder selbst schlecht sein, erhalten ein erschreckliches Leben; die gröbsten Tapeten, die auf den Wirtshauswänden kleben, werden wie herrliche Dioramen erscheinen. Die Nymphen mit der leuchtenden Haut schauen auf dich mit Augen, die tiefer und klarer als Himmel und Wasser sind; die Figuren der Mythologie tauschen in ihren Priestergewändern oder Rüstungen durch einen einfachen Blick mit dir feierliche Geständnisse. Das Gewirr der Linien wird zur deutlichen Sprache, in der du die Erregung und die Sehnsucht der Seelen liest. Unterdessen entsteht dieser geheimnisvolle und vorübergehende Geisteszustand, in dem die Tiefe des Lebens mit seinen vielgestaltigen Problemen sich ganz und gar in dem Schauspiel, das man vor Augen hat, abspielt, mag es so natürlich und alltäglich wie immer nur sein; wo der erste beste Gegenstand zum sprechenden Symbol wird. Fourier und Swedenborg haben, der eine mit seiner Ähnlichkeitslehre, der andere mit seinen Korrespondenzen, sich in Fauna und Flora, die dir in die Augen fällt, verkörpert und anstatt mit der Sprache zu lehren, lehren sie durch die Form und durch die Farben. Der Geist der Allegorie nimmt dir selbst unbekannte Ausmasse an; ich erwähne nebenbei, dass die Allegorie, dieses so geistreiche Spiel, das ungeschickte Maler uns verachten lehrten, wirklich eine der ersten und natürlichsten Formen der Dichtung ist und im rauscherhellten Verstand ihren legitimen Thron wieder errichtet. Der Haschisch überzieht dann dein ganzes Leben wie mit magischem Lack. Er färbt es feierlich ein und hellt alle Tiefen auf. Zackige Landschaften, fliehende Horizonte, Städteansichten, die die Leichenblässe des Gewitters fahl macht oder die starke Glut der Sonnenuntergänge erleuchtet, – Tiefe des Raums, Allegorie der Tiefe der Zeit, – der Tanz, die Geste oder die Deklamation der Schauspieler, wenn Zufall dich in ein Theater warf, – der erste beste Satz, wenn deine Augen auf ein Buch fallen, – alles, in einem Wort, die Universalität der Wesen steht in einem neuen bis dahin ungeahnten Glanz vor dir auf. Die trockene Grammatik wird zu etwas wie einer beschwörenden Zauberin, die Worte stehen in

Fleisch und Blut wieder auf; das Substantiv in seiner substantivischen Majestät; das Adjektivum, das es vorsichtig bekleidet und wie mit Glasur überzieht; das Verbum, Engel der Bewegung, der dem Satze Schwung verleiht. Musik, die andere den trägen oder tiefen Geistern liebe Sprache, die Erholung von dem Durcheinander der Arbeit suchen, spricht zu dir von dir selbst und erzählt dir das Gedicht deines Lebens. Sie verkörpert sich dir und löst dich in ihr auf. Sie erzählt von deiner Leidenschaft, nicht vage und unbestimmt, wie sie es an jenen gleichgültigen Abenden tut, an denen du in die Oper gehst, sondern klar und positiv. Jede Bewegung des Rhythmus zeigt eine dir bekannte Bewegung deiner Seele an. Jede Note verwandelt sich in ein Wort und das Gedicht als Ganzes dringt in dein Hirn wie ein ausführliches Wörterbuch des Lehens.

Du musst nicht glauben, dass all diese Phänomene durcheinander in deinem Hirn entstehen, in der schreienden Art der Wirklichkeit und der Unordnung des äusseren Lebens. Das innere Auge verwandelt alles und verleiht jedem Ding die Schönheit, die ihm fehlte, um des Gefallens wert zu sein. In diese besonders wollüstige und empfindsame Phase muss man die Liebe zu den klaren, laufenden oder stehenden Gewässern bringen, die so erstaunlich im

Geistesrausch einiger Künstler entsteht. Die Spiegel dienen dieser Träumerei zum Vorwand, Träumerei, die einem geistigen Durst ähnelt, die in Verbindung mit dem körperlichen Durst steht, der den Gaumen austrocknet und von dem ich kürzlich gesprochen habe; die fliehenden Wässer, die Fontänen, die harmonischen Kaskaden, die freie Unendlichkeit des Meeres rollen, singen, schlafen unaussprechlich reizvoll. Das Wasser breitet sich als wahre Zauberin aus und obschon ich nicht an Wahnsinn nach Haschischgebrauch glaube, möchte ich doch nicht versichern, dass die Betrachtung eines durchsichtigen Wassers ganz ohne Gefahr für einen in Weiten uud Kristall verliebten Geist wäre, und dass die alte Fabel von Undine für den Bewunderer nicht zur tragischen Wirklichkeit werden könnte.

Ich glaube genügend über das gewaltige Wachsen der Zeit und des Raumes gesprochen zu haben, als von zwei immer zusammenhängenden Ideen, denen der Geist aber nun ohne Trauer und Furcht begegnet. Er schaut mit einer gewissen melancholischen Verzückung durch tiefe Jahre und stürzt sich kühl in unendliche Perspektiven. Man hat, nehme ich an, schon erraten, dass diese unnatürliche und tyrannische Vergrösserung gleichfalls alle Gefühle und alle Ideen betrifft: So das Wohlwollen. Ich glaube davon eine ganz hübsche Probe gegeben zu haben; ebenso von der Liebe. Die Idee der Schönheit muss natürlich grossen Raum in einem geistigen Temperament, wie dem von mir gezeichneten, einnehmen. Die Harmonie, die Ausgeglichenheit der Sinne, die Eurhythmie erscheinen dem Träumer als Notwendigkeit und Pflichten, nicht nur für alle Wesen der Schöpfung, sondern für den Träumer selbst, der während der Dauer der Krise merkwürdig begabt ist, den unsterblichen und allgemeinen Rhythmus zu erfassen. Und wenn unser Fanatiker persönlicher Schönheit ermangelte, glaube nicht, dass er lange an diesem Eingeständnis, zu dem er sich gezwungen sieht, würde leiden müssen, noch dass er sich als Misston in der harmonischen und durch seine Phantasie schön geformten Welt empfände. Die Sophismen des Haschisch sind zahlreich und wunderbar, neigen im allgemeinen zum Optimismus und haben die hauptsächlichste und wirksamste Eigenschaft, die Wirklichkeit aus dem Wunsch zu formen. Dasselbe geschieht gewiss in vielen Fällen des täglichen Lebens, aber mit viel mehr Glut und Feinheit hier! Wie könnte auch ein für die Harmonie so begabtes Wesen, eine Art Schönheitspriester, eine Ausnahme und einen Fehler in seiner eigenen Theorie zulassen? Die moralische Schönheit und ihre Macht, die Grazie und ihre Verführungskunst, die Beredsamkeit und ihre Taten, all diese Gedanken erscheinen bald als Milderer aufdringlicher Hässlichkeit, als Tröster, dann endlich als Lobredner eines erträumten Zepters.

Was nun die Liebe betrifft, so habe ich viele Menschen mit Gymnasiastenneugier bei denen Auskunft holen hören, die häufig Haschisch nehmen. Was muss aus dem Liebesrausch, der schon so heftig in seinem natürlichen Zustand ist, werden, wenn er in den andern Rausch mit eingeschlossen wird, wie eine Sonne in die Sonne? Diese Frage wird in den vielen Köpfen derer entstehen, die ich die Lüstlinge der intellektuellen Welt nennen möchte. Um auf eine unpassende Frage zu antworten, auf jenen Teil der Frage, den man nicht hinschreiben kann, verweise ich den Leser auf Plinius, der irgendwo von den Eigenschaften des Hanfes auf eine Art gesprochen hat, die sehr viel diesbezügliche Illusionen zerstören wird. Übrigens weiss man, dass die üblichste Folge eines Missbrauchs der Nervenkraft und entsprechender Reizmittel Schlaffheit hinterlassen. Da es sich hier aber nicht um tatsachliche Kraft handelt, sondern um Erregbarkeit und Empfindsamkeit, bitte ich den Leser einfach zu überlegen, dass die Phantasie eines nervösen Menschen im Haschischrausch zu einem erstaunlichen Punkt gelangte, der ebensowenig zu beschreiben ist, wie die äusserste

Kraft des Windes im Sturm, und dass seine empfindlich gemachten Sinne sich auf einem fast ebenso schwer beschreibbaren Punkte befinden. Man kann also annehmen, dass eine kleine Zärtlichkeit, die unschuldigste von allen (zum Beispiel ein Händedruck), einen durch den Zustand der Sinne und der Seele verhundertfachten Wert habe und ihn vielleicht sehr schnell bis zu dieser Ohnmacht bringen kann, die dem gemeinen Sterblichen als die Höhe des Glücks erscheint. Aber es ist unzweifelhaft, dass der Haschisch in einer Phantasie, die sich viel mit Liebesdingen beschäftigt, zärtliche Erinnerungen erweckt, denen Schmerz und Unglück selbst neuen Glanz verleihen. Es ist nicht weniger sicher, dass eine starke Dosis Sinnlichkeit sich diesen geistigen Erregungen mengt; und im übrigen ist es wichtig zu bemerken, was die Unmoral des Haschisch in diesem Punkte beweist, dass eine ismailitische Sekte (von diesen Ismaeliten stammen die Assassins) weit ab von ihrer Anbetung des unteilbaren Phallus bis zum vollkommenen und ausschliesslichen Kult des weiblichen Teiles des Symboles schweifte. Da jeder Mensch die Geschichte in sich verkörpert, wäre es sehr natürlich, in einem Geist, der sich feige der Gnade einer höllischen Droge ausliefert und dem Verfall seiner eigenen Fähigkeiten zulächelt, eine widernatürliche Religion entstehen zu sehen.

Da wir im Haschischrausch ein merkwürdiges, selbst unbekannten Personen entgegengebrachtes Wohlwollen beobachtet haben, eine Art Philanthropie, die eher dem Mitleid als der Liebe entspringt (hier zeigt sich der erste Keim des satanischen Giftes, der sich ausserordentlich entwickeln wird) und sich bis zur Angst steigert, wen auch immer zu betrüben, errät man, was aus den lokalisierten, einer geliebten Person entgegengebrachten Gefühlen entstehen kann, die im geistigen Leben des Kranken eine wichtige Rolle spielen oder spielten. Kultus, Anbetung, Gebet, Glücksträume steigen und schwärmen in ehrgeiziger Kraft und dem Glanz eines Feuerwerkes; wie Pulver und Leuchtkugeln blenden sie und vergehen im Dunkeln. Es gibt keine Art sentimentaler Einstellung, der sich die weiche Liebe eines Haschischsklaven nicht hingeben könnte. Der Neigung zu schützen, brennendem und hingebendem Vatergefühl kann sich sträfliche Sinnlichkeit vermischen, die der Haschisch immer entschuldigen und freisprechen wird. Er geht noch weiter. Ich setze voraus, dass begangene Sünden bittere Spuren in der Seele hinterliessen, dass ein Gatte oder Liebhaber traurig nur (in seinem gewöhnlichen Zustande) auf eine gewitterschwere Vergangenheit zurückblickt: Diese Bitternis kann sich dann in Süsse verwandeln; das Verlangen nach Verzeihung macht die Phantasie verschmitzter und demütiger, und die Gewissensbisse selbst können in diesem teuflischen Drama, das sich in einem langen Monolog abspielt, wie erregend wirken und mächtig die Begeisterung des Herzens erwärmen. Ja, die Gewissensbisse! Hatte ich unrecht, als ich sagte, dass der Haschisch, einem wirklich philosophischen Kopf als ein ganz teuflisches Instrument erscheint? Die Gewissensbisse, merkwürdige Beigabe des Vergnügens, ertrinken bald in der köstlichen Betrachtung der Gewissensbisse, in einer Art wollüstigen Analyse; und diese Analyse geht so schnell vor sich, dass dieser natürliche Teufel, um mit den Swedenborgianern zu sprechen, nicht bemerkt, wie willenlos er ist und wie sehr von Sekunde zu Sekunde er sich der teuflischen Vollkommenheit nähert. Er bewundert seine Gewissensbisse und er verherrlicht sich, während er im Begriff ist, seine Freiheit zu verlieren.

So gelangt dann die von mir vorausgesetzte Person, der Geist meiner Wahl, zu dem Grad der Freude und Heiterkeit, der ihn zwingt, sich selbst zu bewundern. Jeder Widerspruch verschwindet, alle philosophischen Probleme werden durchsichtig oder erscheinen wenigstens so. Alles dient nur der Freude. Die Fülle seines augenblicklichen Lebens flösst ihm masslosen Hochmut ein.

Eine Stimme in ihm (ach, es ist seine eigene) spricht: „Jetzt hast du das Recht, dich allen Menschen überlegen zu fühlen; keiner kennt oder könnte all das nur verstehen, was du denkst, und all das, was du fühlst. Sie wären unfähig, selbst das Wohlwollen zu würdigen, das sie dir einflössen. Du bist ein König, den die Passanten verkennen und der in der Einsamkeit seiner Überzeugung lebt: Aber was tut das? Besitzest du nicht die überlegene Verachtung, die die Seele so gut macht?"

Indessen können wir annehmen, dass von Zeit zu Zeit eine beissende Erinnerung dieses Glück durchfliegt und zerbricht. Eine Suggestion von aussen her kann eine Vergangenheit wieder beleben, deren Betrachtung unangenehm ist. Ist diese Vergangenheit nicht voll hässlicher oder niedriger Handlungen, die wirklich unwürdig dieses Gedankenkönigs sind, die seine ideale Würde besudeln? Glaubt mir, der Haschischesser wird diesen vorwurfsvollen Gespenstern tapfer zu begegnen wissen und wird sogar aus diesen scheusslichen Erinnerungen neue Elemente der Freude und des Ehrgeizes ziehen. Solchermassen wird sich sein Gedankengang entwickeln. Wenn der erste Schmerz vorüber ist, wird er neugierig diese Handlung oder dieses Gefühl zergliedern, deren Erinnerung seinen augenblicklichen Ruhm trübte, die Beweggründe, die ihn damals handeln liessen, die Umstände, die ihn umgaben, – und wenn er in diesen Umständen nicht genügend Gründe findet, um sich, wenn nicht freizusprechen, so doch mindestens seine Schuld zu verkleinern, glaubt ja nicht, dass er sich besiegt fühlt! Ich beobachte seinen Gedankengang wie ein mechanisches Spielzeug unter dem Glassturz: „Diese lächerliche, feige oder niedrige Handlung, deren Erinnerung mich im Augenblick packte, steht im vollkommenen Gegensatz mit meiner wahren Natur, meiner augenblicklichen Natur, und die Energie, mit der ich sie verurteile, die inquisitorische Mühe, mit der ich sie jetzt zergliedere und richte, beweisen meine hohe und göttliche Bereitschaft für die Tugend. Wieviel Menschen in der Welt würde man finden, die ebenso geeignet wären, sich selbst zu richten, ebenso streng in der eigenen Verurteilung?“ Und er verurteilt sich nicht nur, er überhebt sich. Die scheussliche Erinnerung ertrinkt so in der Betrachtung einer idealen Tugend, einer idealen Barmherzigkeit, eines idealen Genies, und ruhig gibt er sich seiner triumphierenden geistigen Orgie hin. Wir haben gesehen, dass er auf lästerliche Art die Weihe der Busse nachäffte, zugleich Büsser und Beichtiger war, sich leicht die Absolution erteilte, oder schlimmer noch, aus seiner Verurteilung neue Nahrung für seinen Hochmut sog. Jetzt schliesst er aus der

Betrachtung seiner Träume und seiner Vorsätze zur Tugend auf seine praktischen Fähigkeiten zur Tugend; die verliebte Energie, mit der er dieses Tugendphantom umarmt, erscheint ihm als genügender und hinreichender Beweis für die notwendige männliche Energie zur Erreichung seines Ideals. Er verwechselt vollkommen Traum und Handlung, und seine Einbildungskraft erhitzt sich mehr und mehr an dem verführerischen Schauspiel seiner eigenen gebesserten und idealisierten Persönlichkeit, indem er an die Stelle seiner wahren Person ein faszinierendes Spiegelbild seiner selbst setzt. So arm an Willen, so reich an Eitelkeit, fasst er schliesslich seine Apothese in diese einfachen und klaren Worte zusammen, die für ihn eine ganze Welt scheusslicher Freuden einschliessen: „Ich bin der tugendhafteste aller Menschen!"

Erinnert euch das nicht ein wenig an Jean-Jacques, der auch dem Universum nicht ohne eine gewisse Wollust beichtete und denselben Triumphschrei (der Unterschied wenigstens ist gering) mit derselben Überzeugung und Ehrlichkeit auszustossen wagte? Der Enthusiasmus, mit dem er die Tugend betrachtete, die nervöse Weichheit, die ihm beim Anblick einer guten Tat oder beim Gedanken an all die schönen Handlungen, die er gern vollbracht hätte, die Tränen in die Augen trieb, genügten, um ihm ein äusserstes Gefühl seines moralischen Wertes zu geben. Jean-Jacques hat sich ohne Haschisch berauscht.

Soll ich die Analyse dieser siegreichen Monomanie weiter verfolgen, erklären, wie unter der Herrschaft des Giftes mein Held sich bald zum Mittelpunkt des Universums macht? Wie er zum lebenden und übertriebenen Ausdruck des Sprichwortes wird, welches besagt, dass die Leidenschaft aus sich selbst lebt ? Er glaubt an seine Tugend und an sein Genie: Errät man das Ende? Alle Dinge der Umgebung bedeuten ebensoviel Suggestionen, die in ihm eine Welt von Gedanken erregen, farbiger alle, lebendiger, zarter als je, und strahlend im magischen Glanz. „Diese herrlichen Städte," sagt er sich, „in denen die herrlichen Gebäude wie kulissenhaft aufgebaut sind, – diese schönen, auf den Wellen des Hafens heimwehschwer schaukelnden Schiffe, die unseren Gedanken auszudrücken scheinen: Wann reisen wir in das Glück? – diese Museen in ihrem Überfluss schöner Formen und berauschender Farben, – diese Bibliotheken in denen die Arbeiten der Wissenschaft und die Träume der Musen sich stapeln, – diese vereinten Instrumente, die in einer einzigen Stimme singen, – diese bezaubernden Frauen, reizvoller noch durch die Kunst der Kleidung und die Sparsamkeit des Blicks, – all diese Dinge wurden für mich, für mich, für mich geschaffen! Für mich hat die Menschheit gearbeitet, hat sie gelitten, – ist sie geopfert worden, – um meinem unstillbaren Hunger nach Erregung, Wissen und Schönheit als Weide, als Pabulum zu dienen."

Ich überspringe und kürze ab, keiner wird sich wundern, dass ein endlicher, höchster Gedanke dem Gehirn des Träumers entspringt: „Ich bin Gott geworden!", dass ein wilder, brennender Schrei seiner Brust mit solch treibender Kraft sich entringt, dass, hätten Willen und Glauben eines trunkenen Menschen tatsächlichen Wert, dieser Schrei die Engel auf dem Wege des Himmels hinschmettern würde: „Ich bin Gott!" Aber bald verwandelt sich dieser Sturm des Stolzes in eine wohltemperierte, stumme,ausruhsame Glückseligkeit und die Universalität der Wesen zeigt sich in ihrer Buntheit wie in phosphoreszierendes Morgenrot getaucht. Wenn zufällig eine vage Erinnerung in die Seele dieses bedauernswerten Glücklichen gleitet: „gibt es nicht noch einen anderen Gott?", so glaubt mir, dass er sich über diesen erheben wird, dass er seinen Willen verteidigen und ihm ohne Furcht entgegentreten wird. Welches war der französische Philosoph, der, um die modernen deutschen Doktrinen zu verspotten, sagte: „Ich bin ein Gott, der schlecht zu Mittag speiste." Diese Ironie würde einen Haschischberauschten nicht treffen. Ruhig würde er antworten: „Es ist möglich, dass ich schlecht gespeist habe, aber ich bin ein Gott."

V

Moral

Aber der andere Morgen! Der schreckliche andere Morgen, Erschlaffung und Ermüdung aller Organe, die Entspannung der Nerven, die brennende Lust zu weinen, die Unmöglichkeit bei einer Arbeit auszuharren, belehren dich grausam, dass du ein verbotenes Spiel gespielt hast. Die hässliche Natur, ihres gestrigen Glanzes beraubt, gleicht den traurigen Überresten eines Festes. Der Wille vornehmlich, dieses köstlichste aller Güter, ist angegriffen. Man behauptet, und es mag stimmen, dass der Haschisch keine körperlichen Schäden, zumindest keine grossen, verursacht, aber will man behaupten, dass ein zu jeder Tat unfähiger Mensch, der nur noch träumen kann, sich wirklich wohlbefindet, auch wenn seine Glieder gesund sind? Wir kennen im übrigen die menschliche Natur zur Genüge um zu wissen, dass ein Mensch, der sich durch einen Löffel Konfekt alsbald alle Wohltaten des Himmels und der Erde verschaffen kann, durch die Arbeit nicht den tausendsten Teil erreichen würde. Man stelle sich eine Stadt vor, deren sämtliche Bürger sich am Haschisch berauschten. Was für Bürger! Was für Soldaten! Was für Gesetzgeber! Selbst im Orient, wo sein Gebrauch so verbreitet ist, gibt es Regierungen, die die Notwendigkeit einsehen, ihn zu verbieten. Und in der Tat ist es den Menschen bei Strafe des Verfalls und des geistigen Todes verboten, die Grundbedingungen seiner Existenz zu stören und das Gleichgewicht seiner Fähigkeiten mit der Umgebung zu stören, in der er sich zu bewegen bestimmt ist – in einem Wort, sein Schicksal zu ändern, um es durch ein neues Fatum zu ersetzen. Erinnern wir uns Melmoths als wunderbaren Beispiels. Seine entsetzliche Qual liegt in dem Missverhältnis zwischen seinen wunderbaren Fähigkeiten, die er im Augenblick durch einen Pakt mit dem Teufel erwarb, und der Umgebung, in der er als Geschöpf Gottes zu leben gezwungen ist. Und keiner von denen, die er verführen will, willigte ein, ihm zu denselben Bedingungen sein furchtbares Privilegium abzukaufen. Wahrhaftig, jeder Mensch, der die Bedingungen des Lebens nicht annimmt, verkauft seine Seele. Es ist leicht, die Beziehungen zwischen den teuflischen Erfindungen der Dichter und den lebendigen Kreaturen, die Reizmitteln verfallen sind, herzustellen. Der Mensch wollte gut sein und bald fiel er infolge eines unbestimmbaren Moralgesetzes tief unter seine wahrhafte Natur. Eine Seele, die sich im Detail verkauft.

Balzac glaubte wohl, dass es für den Menschen keine grössere Schande noch grösseres Leid gäbe, als auf die Willenskraft zu verzichten. Ich traf ihn einmal in einer Gesellschaft, in der man über die wunderbaren Wirkungen des Haschisch sprach. Er hörte und fragte mit belustigender Aufmerksamkeit und Lebhaftigkeit. Die Leute, die ihn kennen, erraten, dass er interessiert sein musste. Aber die Idee, entgegen seinem Willen zu denken, stiess ihn heftig ab. Man bot ihm Dawamesk an; er betrachtete es, roch daran und gab es zurück, ohne es zu berühren. Der Kampf zwischen seiner fast kindischen Neugier und seinem Widerwillen gegen den Willensverzicht verriet sich in seinem ausdrucksvollen Gesicht in erstaunlicher Weise. Die Liebe zur Würde siegte, und in der Tat wäre es schwer, sich von diesem Theoretiker des Willens, diesem geistigen Zwillingsbruder Louis Lamberts vorzustellen, dass er einwilligen würde, auch eine Spur nur dieser kostbaren Substanz zu verlieren.

Trotz der wunderbaren Dienste, die Äther und Chloroform geleistet haben, erscheint es mir vom Standpunkt geistiger

Philosophie aus, dass man alle modernen Erfindungen moralisch tadeln muss, die dahin zielen, die menschliche Freiheit und den unerlässlichen Schmerz zu vermindern. Nicht ohne Bewunderung vernahm ich einstmals das Paradoxon eines Offiziers, der mir von der grausamen Operation berichtete, der sich ein französischer General in El-Aghouat unterzog, und an der er trotz des Chloroforms starb. Dieser General war ein sehr tapferer Mann, etwas mehr sogar, eine jener Seelen, die man ohne weiteres mit ›chevaleresk‹ bezeichnet. „Er hätte", erzählte er mir, „kein Chloroform gebraucht, sondern den Anblick der ganzen Armee und die Musik der Regimenter. So vielleicht wäre er gerettet worden!" Der Chirurg war nicht der Ansicht des Offiziers; aber der Feldgeistliche hätte diese Gefühle vielleicht bewundert.

Es ist wirklich übrig, nach all diesen Betrachtungen noch länger beim moralischen Charakter des Haschisch zu verweilen. Kein vernünftiger Mensch wird mir widersprechen, wenn ich ihn mit dem Selbstmord vergleiche, einem langsamen Selbstmord, mit einer immer blutigen und immer geschärften Waffe. Keine philosophische Seele wird den Vergleich ablehnen, wenn ich ihn der Hexerei und der Magie gleichsetze, die auf die Materie wirken und durch Geheimmittel, deren Unwirksamkeit ebensowenig wie ihre

Wirksamkeit bewiesen ist, dem Menschen eine unerlaubte oder doch nur dann erlaubte Macht verleihen, wenn er deren würdig befunden wurde. Wenn die Kirche die Magie und die Hexerei verdammt, geschieht es, weil sie gegen die Absichten Gottes streiten, die Arbeit der Zeit unterdrücken, Reinheit und Moral überflüssig machen wollen; und sie, die Kirche, als gesetzmässig und wahr jene Schätze nur betrachtet, die durch guten freudigen Willen errungen werden. Den Spieler, der das Mittel fand, immer mit Gewinn zu spielen, nennen wir Falschspieler; wie werden wir den Menschen nennen, der mit wenig Geld Glück und Genie kaufen will? Die Unfehlbarkeit selbst des Mittels begründet seine Unmoral, ebenso wie die behauptete Unfehlbarkeit der Magie ihr das teuflische Stigma aufdrückt. Soll ich noch hinzufügen, dass der Haschisch, wie alle einsamen Freuden, den Menschen für die Menschen und die Gesellschaft unbrauchbar, dem Einzelwesen überflüssig macht, weil er ihn fortwährend zwingt, sich selbst zu bewundern, und ihn Tag um Tag dem leuchtenden Abgrund zutreibt, in dem er sich wie Narziss spiegelt.

Wenn aber der Mensch auf Kosten seiner Würde, seines freien Willens und seiner Ehrlichkeit aus dem Haschisch grosse geistige Vorteile ziehen, aus ihm eine Art Denkmaschine, ein nutzbringendes Instrument machen könnte? Diese Frage habe ich oft gehört und antworte darauf: Erstens erhöht, wie ich es schon ausführlich erklärt habe, der Haschisch im Menschen nichts als den eigenen Menschen. Allerdings ist dieser Mensch sozusagen potenziert und aufs äusserste gesteigert, und da er sich andererseits an die Eindrücke der Orgie erinnert, erscheint die Hoffnung auf deren Nutzbarmachung zunächst nicht ganz sinnlos. Aber sie mögen beachten, dass die Gedanken, aus denen sie so grosse Vorteile zu ziehen hoffen, in Wirklichkeit nicht so schön sind, wie sie es in ihrer augenblicklichen Verkleidung und mit magischem Rauschgold bedeckt scheinen. Sie stehen der Erde näher als dem Himmel und danken einen grossen Teil ihrer Schönheit der nervösen Erregung und der Gier, mit der der Geist sich auf sie stürzt. Und dann ist diese Hoffnung ein circulus vitiosus: nehmen wir für einen Augenblick an, dass der Haschisch Genie verleiht oder es zum mindesten steigert, so dürfen wir nicht vergessen, dass die Natur des Haschisch den Willen schwächt und so auf der einen Seite das fortnimmt, was er auf der anderen Seite gewährt; das heisst die Einbildungskraft ohne die Möglichkeit sie auszunutzen. Endlich weiss man, dass es selbst dann, wenn man einen Menschen annimmt, der geschickt und stark genug wäre, sich dieser

Alternative zu fügen, eine weitere tragische und furchtbare Gefahr gibt, nämlich die der Gewöhnung. Denn jede Gewöhnung verwandelt sich alsbald in Notwendigkeit. Wer ein Gift zum Denken einnimmt, wird bald nicht mehr ohne Gift denken können. Stellt man sich den schrecklichen Anblick eines Mannes vor, dessen gelähmte Einbildungskraft ohne die Hilfe von Haschisch und Opium nicht mehr gehorcht?

Der menschliche Geist muss in der Philosophie ähnlich der Sternenbahn eine Kurve durchlaufen, die ihn an seinen Ausgangspunkt zurückführt. Enden heisst einen Kreis schliessen. Ich habe anfangs oft von diesem merkwürdigen Zustand gesprochen, in dem der menschliche Geist mitunter wie durch besondere Gnade dahinstürmte; ich habe gesagt, dass er im steten Wunsch, seine Hoffnungen neu zu beleben und sich in die Unendlichkeit zu erheben, in allen Ländern und zu jeder Zeit die unbändige Lust zu allen selbst gefährlichen Mitteln zeigte, die durch Steigerung seiner Person auch nur für einen Augenblick vor seinen Augen dieses zufällige Paradies hervorzaubern konnten, dieses Ziel aller Wünsche, und dass dieser wagemutige Geist, der, ohne es zu wissen, bis in die Hölle dringt, so seine ursprüngliche Grösse bewies. Aber der Mensch ist so verlassen nicht, nicht so bar aller ehrlichen

Mittel, um den Himmel zu gewinnen, dass er sich unbedingt der Apotheke und Hexenkunst verschreiben muss; er braucht nicht seine Seele zu verkaufen, um die Freundschaft und die berauschenden Zärtlichkeiten der Houris zu bezahlen. Was bedeutet ein Paradies, das man mit seiner ewigen Seligkeit erkauft? Ich stelle mir einen Mann vor (soll er Brahmane, Dichter oder christlicher Philosoph sein ?), der auf dem schroffen Olymp seines Geistes steht. Um ihn herum die Musen Raffaels oder Mantegnas, die ihn über seine lange Fastenzeit und seine heissen Gebete trösten. Die edelsten Tänzer sehen ihn mit ihren sanftesten Augen und ihrem süssesten Lächeln an; der göttliche Apollo, dieser allwissende Meister, (der Francavillas, Albrecht Dürers, Goltzius'? gleichviel – hat nicht jeder, der es verdient, seinen Erfolg?) streicht die zitternden Saiten mit seinem Bogen. Unter ihm, am Fusse des Berges, mitten in Dornen und Schmerz schneidet die Masse der Menschen, der Haufen Heloten falsche Grimassen der Freude und stösst die Schreie aus, die ihr die Schmerzen des Giftes entreissen; der traurige Dichter spricht: „Diese Unglücklichen, die niemals fasteten noch beteten, die die Erlösung durch die Arbeit verweigerten, wollen durch die schwarze Magie die Mittel finden, sich mit einemmal in das übernatürliche Leben zu erheben. Die

Magie betrügt sie, entzündet in ihnen ein falsches Glück und falsches Licht, während wir Poeten und Philosophen unsere Seelen durch stete Arbeit und Versenkung erneuert haben; durch die fleissige Übung des Willens und den ewigen Adel der Anstrengung haben wir für uns einen Garten voll wahrer Schönheit erschaffen. Auf die Worte vertrauend, nach denen der Glaube Berge versetzt, haben wir das einzige Wunder vollbracht, zu dem uns Gott die Möglichkeit verlieh."

Der Wein

Vom Wein als Mittel, die Individualität zu steigern

I

Ein sehr berühmter Mann, der zu gleicher Zeit ein grosser Dummkopf war, zwei Dinge, die durchaus zueinander zu passen scheinen, wie ich es zu beweisen mehr als einmal das zweifelsohne sehr schmerzliche Vergnügen haben werde, wagte es, in einem Buch über die Gastronomie, unter besonderer Berücksichtigung der Hygiene und des Vergnügens, das Folgende im Artikel ›Wein‹ zu schreiben: „Der Stammvater Noah soll der Erfinder des Weines sein; es ist eine aus den Früchten der Rebe gewonnene Flüssigkeit."

Und weiter? Nichts weiter. Das ist alles. Du kannst den Band nach allen Richtungen durchblättern, ihn nach allen Seiten wenden, ihn von hinten, über Kreuz, von rechts nach links und von links nach rechts lesen, du wirst kein weiteres Wort über den Wein in der Physiologie des Geschmacks des sehr berühmten und sehr geachteten Brillat-Savarin finden: „Der Urvater Noah ..." und „ist eine Flüssigkeit ..."

Ich will annehmen, dass ein Bewohner des Mondes oder irgendeines fernen Planeten auf unserer Welt reist, und müde von langen Märschen daran denkt, den Gaumen zu erquicken und den Magen zu erwärmen. Er will sich mit den Vergnügungen und den Sitten unserer Erde vertraut machen. Er hat irgendwo von köstlichen Flüssigkeiten sprechen gehört, mit denen die Bewohner der Erdkugel sich Lust, Mut und Heiterkeit verschaffen. Um sicher zu wählen, schlägt der Mondbewohner das Geschmacksorakel des berühmten und unfehlbaren Brillat-Savarin auf und findet im Artikel Wein diese kostbare Aufklärung: „Der Urvater Noah ..." und „diese Flüssigkeit besteht ..." Das ist völlig verdaulich. Das erschöpft die Sache gründlich, und wenn man diesen Satz gelesen hat, muss man unbedingt einen richtigen und klaren Eindruck von allen Weinen, ihren verschiedenen Eigenschaften, ihren

Unzuträglichkeiten und ihrer Macht auf Magen und auf das Gehirn haben.

Ach, lieben Freunde, lest nicht Brillat-Savarin! „Gott beschütze die, die er liebt, vor überflüssiger Lektüre“; dies ist der erste Merksatz eines kleinen Buches von Lavater, eines Philosophen, der die Menschen mehr als alle alten und modernen Lehrer der Welt geliebt hat. Man hat keinen Kuchen nach Lavater getauft; aber die Erinnerung an diesen englischen Menschen wird unter den Christen noch leben, wenn die braven Bürger selbst den ›Brillat-Savarin‹ vergessen haben werden, ein törichtes Gebäck, dessen geringster Fehler es ist, zum Vorwand für ein Herunterleiern albern pedantischer Maximen aus dem berühmten Meisterwerk zu dienen.

Wenn eine neue Ausgabe dieses falschen Meisterwerkes den Verstand der modernen Menschlichkeit zu beleidigen wagt, dann, ihr traurigen Trinker, ihr fröhlichen Trinker, ihr, die ihr im Wein Erinnerung oder Vergessen sucht, und doch beides nie ganz vollkommen nach euren Wünschen findet, und darum den Himmel nur noch durch den Flaschenhintern betrachtet, vergessene und verkannte Trinker, werdet ihr dann ein Exemplar kaufen und Böses mit Gutem, Wohltat mit Gleichgültigkeit vergelten?

Ich öffne die Kreisleriana des göttlichen Hoffmann und finde dort ein merkwürdiges Rezept. Der pflichtbewusste Musiker muss Champagner trinken, um eine komische Oper zu komponieren. Er wird in ihm die sprudelnde und leichte Heiterkeit finden, die diese Art erfordert. Religiöse Musik braucht Rheinwein oder Jurancon; darin liegt wie auf dem Grund tiefer Gedanken eine berauschende Bitterkeit. Aber heroische Musik braucht unbedingt Burgunder: in ihm liegt Begeisterung und patriotischer Schwung. Das ist schon besser und, abgesehen von der Leidenschaft des Trinkers, finde ich darin eine Unparteilichkeit, die einem Deutschen grösste Ehre macht.

Hoffmann hatte ein merkwürdiges psychologisches Barometer erfunden, das dazu bestimmt war, ihm die verschiedenen Temperaturen und atmosphärischen Phänomene seiner Seele anzuzeigen; man findet solcherlei Einteilungen: Leicht ironischer, durch Nachsicht ausgeglichener Geist; Geist der Einsamkeit und vollkommener Selbstzufriedenheit; musikalische Heiterkeit, musikalischer Enthusiasmus, musikalischer Sturm, mir selbst unerträgliche sarkastische Heiterkeit, Wunsch, aus mir herauszutreten, äusserste Objektivität, Vermischung meines Wesens mit der Natur. Natürlich war das moralische Barometer

Hoffmanns wie die wirklichen Barometer entsprechend der Entstehungsreihenfolge eingeteilt. Mir scheint, dass zwischen diesem psychischen Barometer und der Erklärung der musikalischen Eigenschaften der Weine eine auf der Hand liegende Ähnlichkeit besteht. Hoffmann begann in dem Augenblick Geld zu verdienen, da der Tod ihn holte. Das Glück lächelte ihm. Wie bei unserem lieben und grossen Balzac sah er in seinen letzten Tagen nun das Nordlicht seiner alten Sehnsucht aufflammen. In jener Zeit pflegten die Verleger, die sich um seine Erzählungen für ihre Almanache stritten, um ihn guter Laune zu machen, ihrer Geldsendung eine Kiste französischen Weines hinzuzufügen.

II

Ihr tiefen Freuden des Weines, wer hat euch nie gekannt? Wer einen Gewissensbiss zu betäuben hatte, eine Erinnerung wachzurufen, einen Schmerz zu ertränken, ein Luftschloss zu erbauen, sie alle riefen dich an, geheimnisvoller in der Fiber der Rebe verborgener Gott. Wie erhaben sind die von innerer Glut erhellten Schauspiele des Weines. Wie ehrlich und brennend ist diese zweite Jugend, die der Mann aus ihm schöpft. Aber wie gefährlich auch ist seine zerschmetternde Wollust, seine entnervende Verzauberung! Und doch sagt auf Ehre und Gewissen, ihr Richter, Gesetzgeber, Weltleute, ihr alle, die das Glück milde macht, denen Reichtum die Tugend und Gesundheit leicht macht, sagt, wer von euch hat den unbarmherzigen Mut, den Mann zu verdammen, der Genie trinkt?

Im übrigen ist der Wein nicht immer dieser furchtbare siegessichere Kämpfer, der geschworen hat, weder Gnade noch Mitleid zu üben. Der Wein ähnelt dem Menschen: Niemals weiss man genau, bis zu welchem Punkt man ihn schätzen oder verachten, lieben oder hassen darf, noch wie vieler göttlicher Handlungen oder scheusslicher Missetaten er fähig ist. So wollen wir gegen ihn nicht grausamer sein als gegen uns selbst und ihn als unseresgleichen behandeln.

Mir scheint mitunter, als hörte ich den Wein sprechen (er spricht mit seiner Seele, mit jener Geisterstimme, die nur Geister verstehen): „Mensch, Geliebter, ich will dir, meinem Glasgefängnis und meinen Korkriegeln zum Trotz, einen Gesang voll Brüderlichkeit, einen Gesang voll Freude, voll Licht und voll Hoffnung singen. Ich bin nicht undankbar; ich weiss, dass ich dir das Leben verdanke. Ich weiss, wieviel Arbeit und Sonnenglut ich deinen Schultern verschuldete. Du hast mir das Leben geschenkt, ich werde dich dafür belohnen und grosszügig werde ich dir meine Schulden bezahlen; denn ich empfinde eine ausserordentliche Freude, wenn ich in eine arbeitsdurstige Kehle falle. Die Brust eines ehrlichen Mannes ist ein Aufenthalt, der mir weit mehr zusagt als jene melancholischen und fühllosen Keller. Sie ist ein fröhliches Grab, in dem ich mein Geschick begeistert vollende. Im Magen des Arbeitsamen renne ich hin und her und steige von dort auf unsichtbaren Treppen in sein Hirn, wo ich meinen höchsten Tanz tanze."

„Hörst du, wie in mir die mächtigen Klänge der alten Zeit, die Gesänge von Liebe und Ruhm drängen und klingen? Ich bin die Seele der Heimat, ich bin halb Liebhaber, halb Soldat. Ich bin die Hoffnung der Sonntage. Die Arbeit bringt den Tagen Nutzen, der Wein macht die Sonntage glücklich. Die Ellenbogen auf den Familientisch gestützt, mit hochgekrempelten Ärmeln wirst du stolz mich rühmen und ganz zufrieden sein."

„Ich werde die Augen deiner alten Frau aufleuchten lassen, der langen Gefährtin deines täglichen Kummers und deiner ältesten

Hoffnungen. Ich werde ihren Blick zärtlich machen und in die Tiefe ihrer Augen den Blitz ihrer Jugend pflanzen. Und dein lieber Kleiner, dein Blasschen, dies arme kleine Eselein, das an dieselbe Deichsel der Mühen gespannt ist – ihm werde ich die schöne Farbe der Wiege wiedergeben und werde für diesen neuen Athleten des Lebens zum Öl werden, das die Muskeln der Kämpfer im Altertum hart machte.“

„Ich werde in deine Brust wie köstliche Speise fallen. Ich werde das Korn sein, das die schmerzhaft gezogene Furche befruchtet. Unsere innige Vereinigung wird die Poesie erzeugen. Wir zwei allein werden einen Gott schaffen und in die Unendlichkeit schweben wie die Vögel, die Schmetterlinge, die Marienfäden, die Parfüms und alle beflügelten Dinge.“

So singt der Wein in seiner geheimnisvollen Sprache. Wehe dem, dessen egoistisches, dem Bruderschmerz verschlossenes Herz niemals dieses Lied hörte!

Ich habe oft gedacht, dass, erschiene Jesus Christus heute auf der Anklagebank, sich ein Staatsanwalt finden würde, der bewiese, dass sein Fall durch Rückfälligkeit erschwert sei. Der Wein ist alle Tage rückfällig. Täglich wiederholt er seine Wohltaten. Das wahrscheinlich erklärt die Wut der Moralisten gegen ihn. Wenn ich sage: Moralisten, meine ich die pharisäischen Pseudomoralisten.

Aber das ist etwas ganz anderes. Steigen wir ein wenig tiefer hinab, betrachten wir eins jener geheimnisvollen Wesen, die sozusagen von den Abfällen der grossen Städte leben; denn es gibt merkwürdige Berufe, deren Zahl übergross ist. Mit Schrecken dachte ich oft daran, dass es Berufe gäbe, die ganz und gar freudlos wären, Berufe ohne Vergnügen, Ermüdungen ohne Erholung, Schmerzen ohne Ausgleich; ich irrte. Hier ist der Mann, der die Aufgabe hat, die Abfälle eines Grossstadttages zu sammeln. Der alles, was die grosse Stadt fortgeworfen hat, alles, was sie verloren hat, alles, was sie verachtet, alles, was sie zerschlagen hat, verzeichnen und sammeln wird. Er liest in den Archiven des Lasters nach, im Auswurf Sodoms. Er trifft eine kluge Auswahl; wie der Geistige den Schatz, sammelt er den Schmutz auf, der durch die Gottheit der Industrie wiedergekaut, wieder zu brauchbaren oder Luxusgegenständen wird. Nun durchschreitet er im dunklen Licht der Kandelaber, die im Nachtwind flackern, eine jener langen gekrümmten, von kleinen Leuten bewohnten Gassen der Montagne Sainte-Geneviève. Er trägt seinen Sammelkorb mit der Nummer sieben. Er geht, indem er den Kopf schüttelt und auf dem Pflaster stolpert, wie junge Dichter, die den ganzen Tag herumlaufen und Reime suchen. Er spricht zu sich selbst. Er giesst seine Seele in die kalte und nebelige Nachtluft. Ein Monolog, der die lyrischsten Tragödien in den Schatten stellt: „Vorwärts! Marsch! Division, Stab, Armee!“ Genau wie Bonapartes letzte Worte in St. Helena! Es scheint, dass die Nummer sieben sich in ein Eisenzepter, der Lumpenkorb in einen kaiserlichen Mantel verwandelt hat. Jetzt beglückwünscht er sein Heer. Die Schlacht ist gewonnen, aber der Tag war heiss. Er reitet unter Triumphbögen. Das Herz ist glücklich. Selig hört er die Zurufe einer begeisterten Menge. Gleich wird er einen Code diktieren, der alle bekannten Codes in den Schatten stellen wird. Elend und Sünden verschwanden aus der Welt!

Und dennoch sind ihm Rücken und Rippen vom Gewicht seiner Trage wund. Häuslicher Kummer zermürbt ihn. Vierzig Jahre Arbeit und Laufen haben ihn zerrüttet. Das Alter quält ihn. Aber der Wein rollt wie ein neuer Sarubat geistiges Gold durch die erschöpfte Menschheit. Er herrscht wie gute Könige durch Dienst, und seinen Ruhm singen die Kehlen seiner Untertanen.

Auf der Erdkugel lebt eine unzählige, namenlose Menge, denen der Schlummer allein ihre Leiden nicht einschläfern würde. Ihnen dichtet der Wein Gesänge und Gedichte.

Viele Leute werden mich gewiss recht nachsichtig finden: „Du entschuldigst die Trunksucht und verherrlichst den Pöbel." Ich gestehe, nicht den Mut zu haben, die Schäden zu zählen, wenn ich Wohltaten sehe. Im übrigen habe ich gesagt, dass der Wein dem Menschen gleicht und zugegeben, dass deren Laster ihre Tugenden aufwiegen. Kann ich mehr tun? Im übrigen fällt mir etwas anderes ein. Ich glaube, dass wenn der Wein aus dem menschlichen Schaffen verschwände, in der Gesundheit und dem Geist des Planeten ein Mangel, eine Unvollständigkeit entstünde, die viel schlimmer als alle Ausschweifungen und alle Abirrungen wären, die man dem Wein zuschreibt. Meint man nicht mit Recht, dass die Leute, die aus Naivität oder systematisch niemals Wein trinken, Dummköpfe oder Scheinheilige sind: Dummköpfe, das heisst Menschen, die weder die Menschheit noch die Natur kennen, Künstler, die die traditionellen Mittel der Kunst verschmähen, Arbeiter, die das Handwerkszeug beschimpfen; – Scheinheilige, das heisst schamhafte Lüstlinge, Prahler der Enthaltsamkeit, die im Verstohlenen trinken oder irgendein geheimes Laster haben. Ein Mensch, der nur Wasser trinkt, hat ein Geheimnis, das er vor seinesgleichen verbergen muss.

Man urteile selbst: Vor einigen Jahren regte sich auf einer Kunstausstellung die idiotische Menge vor einem wie eine Maschine polierten, gewichsten und lackierten Bild auf. Es war das vollkommene Gegenteil der Kunst. In dieser mikroskopischen Malerei sah man Fliegen fliegen. Dieses scheussliche Machwerk zog mich wie jedermann an, aber ich schämte mich dieser merkwürdigen Schwäche; denn es war die unwiderstehliche Anziehungskraft des Scheusslichen. Endlich bemerkte ich, dass ich von einer unbewussten philosophischen Neugier und dem ungeheuren Wunsch nach Wissen angezogen wurde, wie der moralische Charakter des Mannes beschaffen wäre, der eine so verbrecherische Extravaganz geschaffen hatte. Ich wettete mit mir, dass er sehr böse sein müsste. Ich liess Erkundigungen einziehen, und mein Instinkt hatte das Vergnügen, diese psychologische Wette zu gewinnen. Ich erfuhr, dass das Ungeheuer regelmässig vor Sonnenaufgang aufstand, seine Aufwartefrau ruiniert hatte, und nur Milch trank!

Noch eine oder zwei Geschichten und wir kommen zum Beschluss. Eines Tages sehe ich einen grossen Auflauf auf der Strasse; es gelingt mir, über die Schultern der Gaffer zu sehen und ich erblicke dieses: Ein Mann lag rücklings auf der Erde, hielt die Augen offen und zum Himmel gerichtet; ein anderer stand vor ihm und sprach nur durch Gesten; der Mann auf der Erde antwortete ihm nur mit den Augen. Beider Gesicht strahlte ausserordendiches Wohlwollen aus. Die Gesten des stehenden Mannes sprachen zum Verstand des liegenden Mannes: „Komm, komm noch ein wenig! Das Glück ist da, zwei Schritte von hier, komm bis zur Strassenecke! Noch haben wir nicht das Ufer des Kummers ganz aus den Augen verloren. Wir schwimmen noch nicht ganz im Ozean des Traumes. Mut, lieber Freund! Befiehl deinen Beinen, deinen Gedanken zu gehorchen." Das alles in harmonischem Schwanken und Taumeln. Der andere war zweifelsohne bereits im Ozean angelangt (übrigens schwamm er im Rinnstein); denn sein glückliches Lächeln antwortete: „Lass deinen Freund in Ruhe. Das Ufer des Kummers verschwand genugsam hinter wohltätigen Nebeln; ich habe vom Traumhimmel nichts mehr zu fordern." Ich glaube sogar einen vagen Satz oder besser einen vagen, in Worte gekleideten Seufzer aus seinem Munde gehört zu haben: „Man muss vernünftig sein."

Das ist die Höhe der Göttlichkeit. Aber in der Trunkenheit gibt es Übergöttliches, wie ihr sehen werdet. Der Freund, voll Nachsicht noch immer, geht allein in die Kneipe und kommt mit einem Strick in der Hand zurück. Wahrscheinlich konnte er den Gedanken nicht ertragen, allein zu segeln und allein dem Glück nachzulaufen; deshalb kam er, um seinen Freund im Wagen abzuholen. Der Wagen war der Strick; er schlingt ihm den Wagen um die Rippen. Der ausgestreckte Freund lächelt. Er hat gewiss diesen mütterlichen Gedanken verstanden. Der andere knüpft einen Knoten; dann schreitet er aus wie ein sanftes und vorsichtiges Pferd und karrt seinen Freund bis zum Stelldichein des Glücks. Der gekarrte oder besser geschleifte Mann, der das Pflaster mit seinem Rücken polierte, lächelte weiter sein unsagbares Lächeln.

Die Menge bleibt starr; denn was zu schön ist, was die poetischen Kräfte des Menschen übersteigt, erweckt mehr Erstaunen als Rührung.

Es gab einen Mann, einen Spanier, einen Gitarrenspieler, der lange Zeit mit Paganini reiste. Es war vor der Zeit der grossen offiziellen Berühmtheit Paganinis.

Zu zweit führten sie das grosse Wanderleben der Zigeuner, der reisenden Musiker, der Leute ohne Familie und Heimat. Beide, Violine und Gitarre, gaben wohin sie kamen Konzerte. Mein Spanier hatte ein solches Talent, dass er wie Orpheus sagen konnte: „Ich bin der Herr der Natur."

Wo er durchkam und seine Saiten zupfte und sie harmonisch unter seinem Daumen hüpfen liess, war er sicher, dass die Menge ihm folgte. Versteht man sich auf solches Geheimnis, stirbt man niemals Hungers. Man folgte ihm wie Christus. Kann man Mittagbrot und Gastfreundschaft einem Manne verweigern, einem Genie, das deine Seele die schönsten, geheimnisvollsten und unbekanntesten, die mysteriösesten Melodien hat singen lassen? Man hat mir versichert, dass er seinem Instrument, das nur angeschlagene Töne bringt, leicht ausgehaltene Töne entlockte.

Paganini hatte die Kasse und verwaltete sie, was niemanden in Erstaunen setzen wird.

Die Kasse reiste auf der Person des Verwalters. Bald war sie oben, bald war sie unten ; heute in den Stiefeln, morgen zwischen Rock und Futter. Fragte der Gitarrenspieler, ein starker Trinker, wie die Finanzen ständen, antwortete Paganini, dass nichts mehr da sei, wenigstens so gut wie nichts. Der Spanier glaubte ihm oder tat so, als ob er ihm glaubte, richtete seine Augen auf den Horizont des Weges, zupfte und quälte seine untrennbare Begleiterin. Paganini lief auf der anderen Seite der Landstrasse. Das war eine beiderseitige Abmachung, damit man sich nicht gegenseitig störte. So studierte und arbeitete jeder im Gehen. Wenn sie dann in einen Ort kamen, der einige Einnahmen versprach, spielte der eine von ihnen seine Komposition, der andere neben ihm improvisierte eine Variation, eine Begleitung, eine Unterstimme. Nie wird jemand erfahren, wieviel Freuden und Poesie in diesem Troubadourleben lag. Sie trennten sich, ich weiss nicht warum. Der Spanier reiste allein weiter. Er liess ein Konzert in einem Saal des Rathauses anzeigen. Das Konzert war er, nichts weiter als eine Gitarre. Er hatte sich dadurch bekannt gemacht, dass er in einigen Kaffees gespielt und einige musikalische Menschen der Stadt durch sein Talent verblüfft hatte. Also, es kamen viele Leute. Mein Spanier aber hatte an einem anderen Ende der Stadt, am Friedhof, einen Landsmann aufgefunden. Der war so eine Art Grabmalfabrikant, ein Marmorbildhauer, der Grabmonumente verfertigte. Wie alle Leute mit traurigen Berufen war er ein guter Trinker. Flasche und Heimatserinnerungen brachten sie weit; der Musiker und Bildhauer verliessen sich nicht mehr. Am Tage des Konzertes, selbst zur gegebenen Stunde waren sie zusammen. Aber wo? Das musste man herausbekommen. Man suchte alle Kneipen der Stadt ab, alle Kaffees, endlich fand man ihn mit seinem Freunde in einer unbeschreiblichen Kneipe; beide waren vollkommen betrunken. Es folgten Szenen à la Kean und à la Frédéric. Endlich willigen sie ein, spielen zu gehen; aber plötzlich fällt ihm ein: „Du wirst mit mir spielen," spricht er zu seinem Freunde. Der weigert sich; er hatte eine Geige, aber er spielte wie der schrecklichste Bierfiedler. „Du spielst oder ich spiele nicht."

Weder Zureden noch gute Gründe halfen; man musste nachgeben. Nun stehen sie auf dem Podium vor den Honoratioren der Stadt. „Wein her," sagte der Spanier. Der Grabmälerfabrikant, den alle, aber nicht als Musiker, kannten, war zu betrunken, um sich zu schämen. Man bringt den Wein, aber sie haben nicht mehr die Geduld, die Flaschen zu entkorken. Die üblen Brüder schlagen ihnen die Hälse mit dem Messer ab wie recht schlecht erzogene Leute. Man errate den Eindruck auf die Provinz in Gala! Die Damen ziehen sich zurück und viele Leute rücken empört vor diesen beiden Trunkenbolden aus, die halb verrückt aussehen.

Aber die, deren Sittsamkeit nicht die Neugier überwog und die den Mut hatten zu bleiben, wurden belohnt. „Fang an," ruft der Gitarrenspieler dem Bildhauer zu. Unmöglich, zu beschreiben, was für Töne der trunkenen Geige entstiegen. Bacchus im Delirium sägt auf einem Stein. Was spielte er oder versuchte er zu spielen? Gleichviel, die erste Melodie steigt auf. Plötzlich hüllt, verlöscht, übertönt eine volle und weiche und zugleich kapriziöse Melodie den schreienden Lärm. Die Gitarre singt so laut, dass man die Geige nicht mehr hört. Und doch ist es die trunkene Melodie, die der Geigenspieler begonnen hatte.

Die Gitarre dringt mit ihrer außerordentlichen Tonfülle durch; sie schwatzt, sie singt, sie spricht mit erschreckender Wärme, mit unerhörter Sicherheit und Reinheit des Vortrages. Die Gitarre improvisierte eine Variation auf das Thema der Geige. Sie liess sich von ihr führen und begleitete herrlich und mütterlich die arme Nacktheit ihrer Töne. Der Leser wird verstehen, dass dies unbeschreiblich ist; ein aufrichtiger und zuverlässiger Zeuge hat es mir berichtet. Zum Schluss war das Publikum trunkener als er. Der Spanier wurde gefeiert, beglückwünscht und durch ungeheuren Beifall begrüsst. Aber zweifelsohne missfiel ihm der Charakter der

Bewohner dieses Landes, denn es war das einzige Mal, dass er einwilligte zu spielen.

Und wo ist er jetzt? Welche Sonne hat seine letzten Träume beschienen ? In welcher Erde ruhen seine kosmopolitischen Reste? In welchem Graben kämpft er seinen Todeskampf? Wo sind die berauschenden Parfüms der verschwundenen Blumen? Wo sind die zauberhaften Farben der alten Sonnenuntergänge?

III

Ich habe euch gewisslich nicht viel Neues erzählt. Alle kennen den Wein, alle lieben ihn. Wenn einmal ein wirklicher philosophischer Arzt leben wird – ich sehe es noch nicht – wird er ein grundlegendes Essay über den Wein schreiben können, eine Art doppelter Psychologie, in der der Wein und der Mensch die Pole bilden. Er wird erklären, wie und warum gewisse Getränke die Fähigkeit enthalten, die Persönlichkeit des denkenden Geschöpfes über alles Mass hinaus zu steigern und sozusagen eine dritte Person in geheimnisvoller Operation zu schaffen, in der der natürliche Mensch und der Wein, die tierische und die pflanzliche Gottheit die Rollen des Vaters und des Sohnes in der Dreieinigkeit spielen; sie verschwägern sich im Heiligen Geist, dem höheren Wesen, das beiden zugleich entstammt. Es gibt Leute, auf die der Wein so mächtig wirkt, dass ihre Beine fester und ihr Ohr ausserordentlich fein wird. Ich habe jemanden gekannt, dessen geschwächter Blick in der Trunkenheit seine ursprüngliche Scharfsichtigkeit wiederfand. Der Wein verwandelte den Maulwurf in einen Adler.

Ein alter unbekannter Autor hat gesagt: „Nichts gleicht der Freude des Menschen, der trinkt, ausser der Freude des Weines getrunken zu werden!“ In der Tat spielt der Wein eine so intime Rolle im Leben des Menschen, dass es mich nicht wundern würde, wenn, von pantheistischen Ideen verführt, einige vernünftige Geister ihm eine Art Persönlichkeit zusprächen. Wein und Menschheit scheinen mir zwei Ringkämpfern zu gleichen, die ohne Unterlass ringen und sich immer wieder versöhnen. Immer umarmt der Besiegte den Sieger.

Es gibt bösartige Trunkenbolde: Das sind von Natur aus böse Menschen. Der schlechte Mensch wird ebenso unausstehlich wie der gute ausgezeichnet wird.